Harry Potter

Harry Potter
and the Cursed Child

ハリー・ポッターと呪いの子

第二部

舞台脚本愛蔵版

3人の著者による新作オリジナル・ストーリー
J.K.ローリング
ジョン・ティファニー&ジャック・ソーン

舞台脚本 ジャック・ソーン
翻訳 松岡佑子

Original Title
Harry Potter and Cursed Child, Parts One and Two (Playscript)

First published in print in Great Britain in 2016 by Little, Brown
This paperback edition published in 2017 by Sphere

もくじ

第二部

J.K.ローリング

わたしの世界に入り、
すばらしいものを作ってくれたジャック・ソーンへ。

ジョン・ティファニー

ジョー、ルイス、マックス、サニー、マールへ……
全員が魔法使いだ……。

ジャック・ソーン

2016年4月7日に生まれたエリオット・ソーンへ。
我々はリハーサルに、
息子は嬉しそうに声をあげるのに忙しかった。

第二部

第二部

第三幕

第三幕　第1場　ホグワーツ　校長室

世界はまぎれもなく様変わりしている。

闇の世界だ。

地上は灰で覆われ、不安と死の影を感じさせる。

音楽も、舞台装置も、あらゆるものがそのトーンを反映している。

ハリーは死んだ。ヴォルデモートは生きており、支配者だ。何もかもあるべき姿とはちがっている。

スコーピウスが、ドローレス・アンブリッジの校長室に入ってくる。ローブは以前より暗い真っ黒だ。沈んだ顔をしている。周囲の危険を感じとり、スコーピウスは緊張し、警戒心を解いていない。

ドローレス・アンブリッジ　スコーピウス、来てくれてありがとう。

スコーピウス　校長先生。

アンブリッジ　スコーピウス、わたくしは長いあいだ考えていたのですが、あなたも知ってのとおり、あなたには全校の首席としての資質がありますわ。なにしろ純血で、生まれながらのリーダーであり、スポーツ万能で……

スコーピウス　スポーツ万能？

アンブリッジ　謙遜（けんそん）する必要はありませんのよ、スコーピウス。クィディッチのピッチであなたを見てきました。あなたに取れないスニッチはほとんどありませんわ。あなたは評価の高い生徒です。教授たちにとってもそうですし、特にわたくしにとって価値ある生徒です。オーグリー様への手紙では、あなたのことをほめちぎってきましたのよ。あなたと一緒にのらくら者の生徒たちを粛正してきたことで、この学校はより安全な――より純血な――場所になりました。

スコーピウス　そうですか？

舞台袖から悲鳴のような声が聞こえ、スコーピウスはそちらを振りむく。だが、そのことは考えないようにする。自制して、あくまでも平静を装わなければならない。

アンブリッジ　しかし、「ヴォルデモートの日」にあの湖であなたを見つけて三日たちますが、どうもあなたは……どんどんおかしくなっているようですわね――とくに、突然ハリー・ポッターのことにこだわるように……

スコーピウス　そんなことは……

アンブリッジ　誰かれなく「ホグワーツの戦い」のことを聞いていますわね。ポッターがどのようにして死んだとか、なぜポッターが死んだかとか。それにセドリック・ディゴリーに対するばかげた取りつかれようときたら――あなたが呪いや呪詛（じゅそ）にかけられていないかどうか調べましたのよ――わたくしたちの見るかぎり、何もありませんでしたわ――ですから、お聞きしましょう。何かわたくしにできることはありませんかしら――元のあなたを取り戻すために……

スコーピウス　いいえ、いいえ、僕はもう回復したと思ってください。一時的な変調、それだけのことです。

アンブリッジ　では一緒に仕事を続けられますわね？

スコーピウス　はい。

アンブリッジが、片手を心臓の上に乗せ、両方の手首を重ねてねじる。

アンブリッジ　ヴォルデモートに栄光あれ。

スコーピウス　（なんとか見よう見まねで）あ――ウ――あれ。

第三幕　第2場　ホグワーツ　校庭

舞台が回りはじめ、スコーピウスもいっしょに回る。このわけのわからない世界で何か――何でもよいから――手がかりを探し求めている。

元気いっぱいのカールとヤンが、スコーピウスにぐいぐい近づく。

カール・ジェンキンズ　おい、サソリ王、スコーピウス。

スコーピウスは仕方なくハイタッチをする。苦痛だが、耐える。

ヤン・フレドリックス　計画に変わりないな、明日の夜？

カール・ジェンキンズ　「穢(けが)れた血」の腸をかき切ってやろうぜ。

二人退場。

ポリー・チャップマン　スコーピウス。

ポリー・チャップマンが階段の上に立っている。スコーピウスはくるりと振り返る。

スコーピウス　ポリー・チャップマン？

ポリー・チャップマン　単刀直入にいくわね？　みんなが知りたがっていることよ。あなたが誰に申し込むのかって。だって、あのね、あなたは誰かに申し込まなきゃならないし、私はもう三人に申し込まれたの。でも、全員断ったのは私だけじゃないって、知ってるわ。もしかして、ほら、あなたが私に申し込むかもしれないし。

スコーピウス　ああ。

ポリー・チャップマン　そうだったらすてきだわ。もしその気があるなら。噂によると——あなたにはその気があるって。それに、はっきり言うわね——今、この瞬間――私もその気があるわ。これは噂じゃないのよ。事実よ、じーじーっ。

スコーピウス　それは、ウ――いいね。でも――なんの話？

ポリー・チャップマン　「血の舞踏会」のことよ、もちろん――あなたが――サソリ王が、誰を舞踏会に誘うかの話よ。

スコーピウス　君が――ポリー・チャップマンが――僕に誘ってほしい？――舞踏会に？

背後から悲鳴が聞こえる。

あの叫び声はいったい何？

ポリー・チャップマン　「穢れた血」よ、もちろん。地下牢の。あなたのアイデアでしょう？　いったいどうしたの？　ああ、いやなポッターめ！　私の靴にまた血がついている……

かがんで、靴についた血を慎重に拭きとる。

オーグリー様が強く言うことだけど――未来は自分たちが作るもの
――だから私はいま――未来を作っているの――あなたとの未来を。
ヴォルデモートに栄光あれ。

スコーピウス　ヴォルデモート、あれ。

ポリーが歩きはじめ、スコーピウスは苦痛の表情でその後ろ姿を見送る。ここはどういう世界なのだろう――この世界で、自分はいったいどういう存在なのだろう？
スコーピウスは回り続けて……

第三幕　第3場　魔法省　魔法法執行部　部長室

ドラコは別人のような風格を身に付け、権力の匂いを発散させている。部屋の両脇にはオーグリーの旗が下がっている――オーグリーの紋章がファシスト風に描かれている。

ドラコ　遅い。

スコーピウス　ここが父さんのオフィス？

ドラコ　遅れたうえに謝りもしない。是が非でも問題をより複雑にするつもりなのだな。

スコーピウス　父さんが魔法法執行部の部長？

ドラコ　何様のつもりだ！　私に恥をかかせたうえ、待たせて、しかも謝りもしないとは！

スコーピウス　ごめんなさい。
ドラコ　敬語を使え。
スコーピウス　父上、申し訳ありません。
ドラコ　スコーピウス、おまえをだらしない子に育てた覚えはない。ホグワーツで私に恥をかかせるような育て方はしなかった。
スコーピウス　恥を、ですか、父上？
ドラコ　ハリー・ポッターだ。よりによって、ハリー・ポッターに関する質問をするとは。マルフォイ家の家名を汚すようなまねをするとは。
スコーピウス　ああ、まさか。この事件、これはお父さんがしたことですか？　ちがう。ちがう。そんなはずはない。
ドラコ　スコーピウス……
スコーピウス　今朝の「日刊予言者新聞」――三人の魔法使いが、一度に何人のマグルを殺せるかを見るために、橋を吹き飛ばした――これはお父さんがやったことですか？
ドラコ　気をつけて口をきけ。

スコーピウス　「穢れた血」の死の収容所、拷問、「あの人」に反対する者は生きたまま火あぶりにする。いったいどこまでがお父さんのしたことですか？　お父さんは、僕が考えているよりずっと良い人だと、お母さんがいつも僕にそう言いました。でも、これがあなたのほんとうの姿なんですね？　殺人、拷問、それに——

ドラコがさっと立ちあがり、スコーピウスの頭をテーブルに強く押さえつける。不意を突く、恐ろしい暴力だ。

ドラコ　スコーピウス、母親の名をむやみに使うな。そんなことで私に失点させたつもりになるな。彼女はもっと価値のある人だ。

スコーピウスは何も言わない。怯え、恐れている。ドラコはその気持ちを読む。押さえつけていたスコーピウスの頭を放す。息子を傷つけるようなことはしたくはないのだ。

それに、マグルを吹き飛ばした愚か者たちのことは、ちがう。私のやることではない。ただ、マグルの大臣を黄金で買収せよというオーグリー様の命令があれば、それは私の仕事になる……母上は私のことを、ほんとうにそう言ったのか?

スコーピウス　お母さんは、お祖父さまが自分のことをあまり気に入っていなかったと言いました――結婚に反対だったと――お祖父さまは、お母さんがあまりにマグル好きで――あまりに虚弱だと思っていらっしゃったと――でも、お父さんが、お母さんのために、それに逆らったと。お母さんは、あんなに勇敢な行為は見たことがないと言いました。

ドラコ　彼女が私を勇敢にした。おまえの母親のおかげで、たやすく勇敢になれた。

スコーピウス　でもそれは――別のあなただ。

スコーピウスは父親を見る。ドラコは苦しげに眉根を寄せて息子を見る。

ドラコ　僕は悪いことをしてきたけれど、お父さんはもっと悪いことをした。父さん、いったい僕たちはどうなってしまったんだろう？どうもなっていない――元のままだ。

スコーピウス　マルフォイ家。世界をより濁った場所にするために、この家族は常に信用できる。

ドラコには耳の痛い言葉だ。息子を注意深く見つめる。

ドラコ　学校でのおまえの態度だが――いったい何に感化されたのだ？

スコーピウス　僕は、今の自分がいやだ。

ドラコ　それで、何がそう思わせるのだ？

スコーピウスは、自分の話を伝える方法を必死で探す。

スコーピウス　僕はちがう自分を見たことがあるのです。

ドラコ　私がおまえの母親のどこを一番愛していたか、知っているか？　母上はどんな暗い中でも私に光を見出させてくれた。世界を――少なくとも私の世界を――おまえの言い方を使うなら、「濁った」世界を変え――より明るくしてくれた。

スコーピウス　そうなのですか？

ドラコは息子の表情を探る。

ドラコ　おまえの中には、私が思っていたより多く、母親がいる。

間。ドラコは息子を注意深く見つめている。

おまえが何をしているにせよ――気を付けてやることだ。おまえまでも失うことはできない。

スコーピウス　はい、父上。

ドラコは、最後にもう一度息子を見る——何を考えているのか理解しようとする。

ドラコ　ヴォルデモートに栄光あれ。

スコーピウスは父親の顔を見たまま、後ろ向きで下がり、オフィスを出ていく。

スコーピウス　ヴォルデモートに栄光あれ。

第三幕　第4場　ホグワーツ　図書室

スコーピウスは図書室に入り、必死になって本棚を調べる。歴史書を見つける。

スコーピウス　セドリックはどうして死喰い人になったのか？　何か見逃しているのかな？　どうか僕に——闇の中の光を。

クレイグ・バウカーＪＲ　どうしてここに？

スコーピウスが振りむくと、すがりつくような表情のクレイグがいる。

スコーピウス　どうしてここにいてはいけないの？

クレイグ・バウカーＪＲ　まだ、できていないのです。できるだけ急いでいます。でも、スネイプ先生は、宿題をたくさん出しますし、エッセイを二人分ちがった書き方で書くのは。いいえ、不平を言っているのではありません……すみません。

スコーピウス　もう一度、初めから言って。何がまだできていないの？

クレイグ・バウカーＪＲ　あなたの魔法薬の宿題です。もちろん喜んで僕がやります――感謝しているくらいです――それにあなたが宿題や本が嫌いなことを知っています。決してあなたを失望させません。それはご存知でしょうけれど。

スコーピウス　僕が、宿題が嫌いだって？

クレイグ・バウカーＪＲ　あなたはサソリ王です。もちろん宿題がお嫌いです。『魔法史』の本で何をなさっているのですか？　その宿題も僕にさせていただけますか？

間。スコーピウスはちらっとクレイグを見て、手にした歴史の本を投げ渡す。クレイグはそれを抱きかかえて退場。

スコーピウスは、あることに思いあたり眉をひそめる。

スコーピウス　あいつ、スネイプって言ったかな?

第三幕　第5場

ホグワーツ　魔法薬学の教室

スコーピウスは、魔法薬学の教室に駆けこみ、ドアをバタンと閉める。セブルス・スネイプが顔を上げてスコーピウスを見る。

スネイプ　　ドアをノックすることを誰も教えなかったのか?

スコーピウスがスネイプの顔を見上げる。やや息がつまり、やや確信が持てず、やや有頂天気味。

スコーピウス　　セブルス・スネイプ。光栄です。

スネイプ　　スネイプ先生でよい。マルフォイ、学校では王のようにふるまっても、誰もが君の臣下になるわけではない。

スコーピウス　でも、あなたこそ、答えなんだ……

スネイプ　それは喜ばしいことだ。何か言いたいことがあるなら、言いたまえ……さもなくば、出て行け。ドアを閉めて行け。

スコーピウス　助けてください。

スネイプ　私は役目のために存在する。

スコーピウス　でもどんなふうに助けていただきたいのか――わからないのです。あなたは、今でも正体を隠したままなのですか？　今でも隠密にダンブルドアのために働いているのですか？

スネイプ　ダンブルドア？　ダンブルドアは死んだ。それに、彼のための私の仕事は公のものだった――この学校で教えることだ。

スコーピウス　いいえ、それだけではなかった。ダンブルドアのために死喰い人たちを見張っていた。彼に助言した。あなたが彼を殺したと、誰もがそう思ったけれど――そうではなく、あなたはずっと彼を支持していたのだ。あなたは世界を救った。

スネイプ　非常に危険な申し立てだぞ。マルフォイ家の名をもってしても、私が罰則を科すのを妨げるものではない。

スコーピウス　別な世界が存在する、と言ったら――ヴォルデモートが「ホグワーツの戦い」で敗れた世界が、ハリー・ポッターとダンブルドア軍団が勝った世界があると言ったら、あなたはどう思われるでしょうか……

スネイプ　その場合は、ホグワーツの寵愛(ちょうあい)するサソリ王が正気を失った、という噂には確かな根拠があると言おう。

スコーピウス　逆転時計(タイムターナー)があるのです。僕が盗みました。アルバスと一緒に。セドリック・ディゴリーが死んだその時に、彼を死から連れ戻そうとしました。僕たちは、セドリックが三校対抗試合で優勝するのを阻止しようとしたんです。でも、その結果、セドリックをまったくちがう人間に変えてしまいました。

スネイプ　三校対抗試合に優勝したのはハリー・ポッターだ。

スコーピウス　ハリー一人だけが優勝するはずではありませんでした。セドリックが一緒に優勝するはずでした。でも、僕たちがセドリックに屈辱を与えて、試合から落後させました。辱(はずかし)められた結果、彼は死喰い人になってしまったのです。セドリックが「ホグワーツの戦い」で何をしたのか、僕にはまだわかりません——誰かを殺したのか、それとも——でも彼は何かをした。その何かによって、何もかも変わってしまったのです。

スネイプ　セドリック・ディゴリーは、魔法使いを一人だけ殺した、大したやつではなかったが——ネビル・ロングボトムだ。

スコーピウス　ああ、それだ、それなんだ！　ロングボトム先生はナギニを、ヴォルデモートの蛇を殺すはずだった。ヴォルデモートを死なせるためには、まずナギニが死ななければならなかった。そうなんだ！　先生が謎を解いてくれた！　僕たちがセドリックを破滅させ、そして彼はネビルを殺し、ヴォルデモートは戦いに勝った。わかるでしょう？　わかるでしょう？

スネイプ　私にわかるのは、マルフォイというやつが、ふざけているということだ。出て行け。さもないと、おまえの父親に注意し、おまえにとってはもっと面倒なことになるぞ。

スコーピウスは考えをめぐらせ、最後の、必死の切り札を出す。

スコーピウス　あなたは彼の母親を愛した。僕は詳しいことを覚えていないけれど、彼の母親を愛したことを知っている。ハリーの母親、リリーだ。あなたが何年も正体を隠していたことを、僕は知っている。あなたがいなければ、あの戦いには決して勝てなかったことも知っている。僕が別な世界を見たのでなければ、どうしてこんなことがわかるでしょう……？

スネイプは強い感情にかられ、黙っている。

ダンブルドアだけが知っていた。そうでしょう？　彼がいなくなったとき、あなたがどんなに孤独だったか。あなたは良い人です。僕は知っています。ハリー・ポッターは、自分の息子に、あなたが偉大な人だと教えました。

スネイプはスコーピウスを見ながら、事態を掌握しきれずにいる。何か裏があるのではないか？　かなり深刻に迷っている。

スネイプ　ハリー・ポッターは死んだ。

スコーピウス　僕の世界ではちがいます。ハリーは、あなたこそ、彼の出会った中で一番勇敢な人だと言いました。いいですか、ハリーは知っていたのです——あなたの秘密を——あなたがダンブルドアのためにしたことを。そのために、ハリーはあなたを尊敬していました——とても。それだから、自分の息子の名前を——僕の親友の名前を——お二人の名前からとったのです。アルバス・セブルス・ポッターです。

スネイプはぴたりと動きを止める。深く心を動かされている。

どうか——リリーのために、世界のために、僕を助けてください。

スネイプは考えこみ、スコーピウスに近づきながら杖を握る。スコーピウスは、怖くなってあとずさる。スネイプが、ドアに向かって呪文を放つ。

スネイプ　コロポータス！　扉よ、くっつけ！

見えない錠がガチャリとかかる。スネイプは、教室の奥の小さなくぐり戸を開く。

さあ、来るんだ……

スコーピウス　お聞きしますが、どこへ——いったい——どこへ行くのですか？

スネイプ　我々は何度も移動しなければならなかった。居場所と定めたところは全部破壊された。この道は、「暴れ柳」の根元に隠された部屋に続いている。

スコーピウス　オーケー、我々って誰ですか？

スネイプ　うむ、すぐわかる。

第三幕　第6場　戦いの部屋

地下。土と埃と絶望的な（しかし必要な）奮闘意欲に満ちている。スコーピウスは、猛々しい様子のハーマイオニーに、テーブルにくぎ付けにされている。服は色褪せているが、目は燃えている。今や完全な戦士だ。それがかなり似合っている。

ハーマイオニー　少しでも動いてみろ。頭を蛙に、腕はぐにゃぐにゃにしてやる。

スネイプがスコーピウスを先に立てて入ってくる。

スネイプ　安全だ。この子は安全だ。（間）君は昔から他人の言うことを聞いたためしがない。学生の時、君は恐ろしく不快な生徒だったし、今は恐ろしく不快な——なんだか知らぬが今の君だ。

ハーマイオニー　私は優秀な生徒だったわ。

スネイプ　君はまあまあから平均程度だった。この子は味方だ。

スコーピウス　そうです。ハーマイオニー。

ハーマイオニーは、まだ信用できないという顔でスコーピウスを見ている。

ハーマイオニー　私はグレンジャーという名で知られている。おまえの言うことは一言も信じないぞ、マルフォイ。

スコーピウス　何もかも僕のせいです。僕と、それに、アルバスの。

ハーマイオニー　アルバス？　アルバス・ダンブルドア？　アルバス・ダンブルドアになんの関わりがあるのだ？

スネイプ　ダンブルドアではない。まずは座ったほうがよいだろう。

ロンが駆けこんでくる。髪は突っ立ち、服は乱れている。反逆者らしい様子ではあるが、ハーマイオニーほど様になっていない。

ロン　スネイプ。かたじけないご訪問だな。そして——（スコーピウスに気付き、ぎょっとして）こいつはなんの用だ？

慌てふためいて杖を取りだす。

こっちは武装しているぞ。そして——危険極まりないぞ。警告するが——

杖をさかさまに握っていることに気付いて持ち直す。

——十分気をつけろ——

スネイプ　ロン、この子は安全だ。

ロンはハーマイオニーを見る。彼女がうなずく。

ロン　ああ、ダンブルドアさま、ありがとう。

第三幕　第7場　**作戦室**

ハーマイオニーは座って逆転時計（タイムターナー）を調べ、その横で、ロンは事の次第を飲みこもうとしている。

ロン　それじゃ、君が言うのは、歴史の鍵を握っているのが……ネビル・ロングボトムだというわけか？　相当ぶっ飛んだ話だ。

ハーマイオニー　ロン、その話のとおりよ。

ロン　うん。君が信じたのは、つまり……

ハーマイオニー　この子がスネイプのことを知っているから——私たち全員のことも——この子が知るはずのないことを……

ロン　当て推量がうまいだけじゃないのか？

スコーピウス　僕はうまくない。助けてくれませんか？

ロン　助けられるのは我々だけだ。ダンブルドア軍団は、最盛期より相当数が減った。実際——

一瞬言いよどむ。認めるのが辛いのだ。

——残っているのは我々ぐらいのものだ。でも戦い続けている。目と鼻の先に隠れて。あちこちくすぐってやろうとしているんだ。グレンジャーはお尋ね者魔女。僕はお尋ね者魔法使い。

スネイプ　(冷ややかに) 君のお尋ねのレベルは低いが。

ハーマイオニー　はっきりさせたいのだけど、君のいる別の世界では……君が介入するまでは?

スコーピウス　ヴォルデモートは死んでいます。「ホグワーツの戦い」で死んだんです。ハリーは魔法法執行部の部長。あなたは魔法大臣。

ハーマイオニーは驚いてぴたりと動きを止め、笑みを浮かべて顔を上げる。

ハーマイオニー　私が魔法大臣？

ロン　（一緒に楽しみたくて）すばらしい。僕は何をしているんだい？

スコーピウス　ウィーズリー悪戯（いたずら）専門店を経営しています。

ロン　オーケー、それじゃ、彼女は魔法大臣で、僕は店の経営――悪戯専門店の？

　スコーピウスは、がっかりしたロンの顔を見る。

スコーピウス　あなたは主に子どもを育てることに専念しています。

ロン　なるほど。子どもの母親はセクシーな人なんだろうな。

スコーピウス　（赤くなって）えー……あの……あなたが彼女をどう思うか次第ですけど……つまり、あなたたち二人は、なんて言うか子どもがいて――お互いの子どもで。女の子と男の子が一人ずつ。

二人は、驚愕して顔を上げる。

結婚していて、愛し合っていて、などなどです。あなたたちは二つ目の別の世界でもショックを受けていました。あなたが「闇の魔術に対する防衛術」の先生で、ロンがパドマと結婚している世界です。あなたたちは、**いつでも**このことでは驚くんですね。

ハーマイオニーとロンは顔を見合わせ、目を逸らす。それからロンが、もう一度ハーマイオニーのほうを見る。咳払いを繰り返すが、空咳はだんだん弱くなり、嘘っぽくなる。

ハーマイオニー　ウィーズリー、私を見るときに口を閉じなさい。

ロンは言われたとおりにするが、まだどぎまぎしている。

スネイプ　それで、スネイプは？　君のいる別の世界でスネイプは何をしているの？
　　私は死んでいる。おそらく。

　スコーピウスを見る。スコーピウスは必死に真実を隠そうとするが、どうしても顔に出てしまう。スネイプは薄笑いを浮かべる。

　　私を見たとき、おまえはかなりの驚きようだった。どのように死んだ？
スコーピウス　勇敢に。
スネイプ　誰が？
スコーピウス　ヴォルデモートが。
スネイプ　なんといまいましいことよ。

　スネイプが事実を飲みこむあいだ、沈黙が流れる。

ハーマイオニー　しかし、闇の帝王自身の手にかかるのは輝かしいこと、だろうな。
お気の毒です、スネイプ。

スネイプはハーマイオニーを見て、痛みを飲みこむ。頭を振ってロンを指す。

スネイプ　いや、少なくとも私は、このロンとは結婚していない。
ハーマイオニー　君はどの呪文を使ったの？
スコーピウス　第一の課題では「武装解除呪文」。第二の課題では「肥(ふと)らせ呪文」。
ロン　簡単な「盾(たて)の呪文」を使えば、両方とも妨害して無効にできる。
スネイプ　そのあとでその場を去ったのか？
スコーピウス　逆転時計(タイムターナー)が僕たちを連れ戻してくれました。そうです。それが問題で
――この逆転時計(タイムターナー)は、５分しか過去に留まらせてくれません。
ハーマイオニー　それで、時間だけ移動して、場所は移動しないの？
スコーピウス　そう、そうです。つまり――えーと――出発したと同じ場所に、タイ

ムトラベルして戻るんです——

ハーマイオニー　おもしろい。

スネイプとハーマイオニーは、それが何を意味するのかわかっている。

スネイプ　さすれば、この件は私とこの子だけで。

ハーマイオニー　スネイプ、気を悪くしないでほしいが、この件は私以外の誰にも任せられない……重要すぎる。

スネイプ　ハーマイオニー、君は魔法界の反逆者としてお尋ね者ナンバーワンだ。この仕事をするには外に出なければならない。君が最後に外に出たのはいつだ？

ハーマイオニー　たしかにずいぶん前だ。しかし——

スネイプ　外で見つかれば、吸魂鬼（ディメンター）がキスをするだろう——君は魂を吸いとられる……

ハーマイオニー　セブルス、屑（くず）ばかり食べて、クーデターに失敗し続けるのはもううんざりだわ。今度こそ世界を作り変えるチャンスなのよ。

ハーマイオニーがうなずいて合図をすると、ロンが地図を広げる。

スネイプ　最初の課題は、禁じられた森の端で行われた。この作戦室で時間を逆転させて、試合に行く――呪文を防ぐ。そして安全に戻ってくる。正確にやれば――この仕事は、我々のいるこの世界で、まったく外に顔を見せなくともできる。それからもう一度時間を逆転させて、湖に行く。そして第二の課題の結果を元どおりにする。

ハーマイオニー　君は、すべてをリスクにさらそうとしている――

スネイプ　間違いなくやってのければ、ハリーは生きている、ヴォルデモートは死ぬ。そしてオーグリーは去る。それだけのことをするのだから、どんなリスクでもとる価値がある。ただ、スネイプ、あなたの支払う代償は申し訳ない。

スネイプ　ときには代償は支払わねばならぬものだ。

二人は顔を見合わせる。スネイプがうなずくと、ハーマイオニーもうなずき返す。
スネイプの顔がわずかに悲し気に歪(ゆが)む。

今、ダンブルドアの言葉を引用したかな?

ハーマイオニー (微笑(ほほえ)んで) いいえ、それこそ、純粋にセブルス・スネイプの言葉だわ。

スコーピウスに向き直り、逆転時計(タイムターナー)を指さす。

マルフォイ。

スコーピウスが差し出した逆転時計(タイムターナー)に、ハーマイオニーが微笑みかける。再びこの時計を使うことにも、こういう目的のために使うことにも、胸を躍らせる。

時計がうまく機能するように願いましょう。

ハーマイオニーが逆転時計（タイムターナー）を受け取ると、時計は振動し、やがて爆発的に激しく動きはじめる。

巨大な閃光が走る。何かが砕けるような音が響く。

時間が止まる。時は流れの向きを変え、少しためらい、そして巻き戻りはじめる。

はじめはゆっくりと……

バン！　という音と閃光とともに、一同は姿を消す。

第三幕　第8場　禁じられた森の端　1994年

第一部と同じ場面が繰り返されるが、今度は舞台手前ではなく、舞台奥で演じられる。

アルバスとスコーピウスがダームストラングのローブを着ているのがわかる。この場面の初めから終わりまで、〝すばらしい〟（これも本人の言葉だが）ルード・バグマンの声が聞こえる。

スコーピウス、ハーマイオニー、ロン、スネイプは、息を詰めて見守っている。

ルード・バグマン　さあ、セドリック・ディゴリーの入場。準備はできているようです。怯えはみえますが、用意はできている。あっちへかわした。こっちへかわした。身をかばおうと急降下すると、女の子たちが、失神しそうだ。一緒になって叫んでいる。「ドラゴンさん、あたしたちのディゴ

リーを傷つけないで」さあ、セドリックが左に回って右にダイブした
——杖を構えた——

スネイプ　時間がかかりすぎている。逆転時計（タイムターナー）が回転しはじめている。

ルード・バグマン　この勇敢でハンサムな青年は、今度は何をするつもりでしょう?

アルバスがセドリックの杖を「武装解除」して「呼びよせ」ようとするが、ハーマイオニーがその呪文をブロックする。アルバスは顔を曇らせ、呪文が効かなかったのはなぜかといぶかりながら杖を見る。

逆転時計（タイムターナー）が急回転しはじめる、四人は時計を見て、時計に引きずりこまれながらパニック状態になる。

犬です——セドリックは岩を犬に変身させました——ディッグ・ドッグ、セクシー・ディゴリー——君はダイナモ・ドッグだ。

第三幕　第9場　禁じられた森の端

時間の旅から戻ってきた四人は、森の端にいる。ロンは激しい痛みに襲われている。スネイプは周囲を見渡してすぐ、自分たちが危難に陥っていることに気付く。

ロン　オウ、オウ、オゥゥゥゥゥゥ。

ハーマイオニー　ロン……ロン……、いったい時計に何をされたの？

スネイプ　ああ、なんと。こうなることはわかっていた。

スコーピウス　逆転時計(タイムターナー)は、アルバスにも何かしたんだ。最初に過去に行ったとき。

ロン　今頃教えてくれるのは――アウッ――役に立つよ。

スネイプ　我々は地上にいる。移動しなければならん。すぐに。

ハーマイオニー　ロン、あなた、まだ歩くことはできる。急いで……

ロンは、立ちあがりはするが、痛みで大声をあげる。スネイプが杖を上げて構える。

スコーピウス　うまくいったの？

ハーマイオニー　呪文をブロックしたわ。セドリックは杖を持ったまま。そう、うまくいったわ。

スネイプ　しかし戻ってきた場所がちがう——ここは外だ。我々は外にいる。君たち二人は外にいる。

ロン　もう一度逆転時計（タイムターナー）を使わないといけない——ここを離れるんだ——

スネイプ　隠れるところを探さねば。ここは丸見えだ。

突然、客席の周りから、氷のように冷たい風が吹いてくる感覚。

黒いローブがいくつも観客の周りに浮かびあがる。ローブは黒い人影となり、そして、吸魂鬼（ディメンター）の形になる。

ハーマイオニー　もう遅い。

スネイプ　ひどいことになった。

ハーマイオニー　（自分がなすべきことに気付いて）やつらは私をねらっている。あなたたちじゃない。

ロン、愛してるわ。ずっと前から。あなたたち三人は逃げて。さあ。早く。

ロン　えっ？

スコーピウス　えっ？

ロン　まず愛の話をしないか？

ハーマイオニー　ここはまだヴォルデモートの世界だわ。もううんざり。次の課題を元どおりにすれば、何もかも変わる。

スコーピウス　でも、こいつらはあなたにキスするよ。魂を吸いとるよ。

ハーマイオニー　でも、君が過去を変えるでしょう。そうなれば、こいつらにはそれができなくなる。行きなさい。早く。

吸魂鬼（ディメンター）が四人の存在に気付く。奇声を発しながら、影が四方から一斉に舞い降りてくる。

スネイプ　行くんだ！　一緒に来い。

スネイプに腕を引っぱられ、スコーピウスは、ためらいながらついていく。

ハーマイオニーが、まだ動こうとしないロンを見る。

ハーマイオニー　あなたも行くのよ。

ロン　うーん、こいつらは、少しは僕をねらっている。それに痛みがかなりひどい。それに、あのさ、僕はむしろここにいたいんだ。エクスペクト──

ロンは呪文を放とうと構えるが、ハーマイオニーがその腕を押さえる。

ハーマイオニー　こいつらをここに引き留めて、あの子に、私たちにできるかぎりのチャンスをあげましょう。

ロンはハーマイオニーを見て、悲しそうにうなずく。

ハーマイオニー　娘と息子だって。

ロンはハーマイオニーに向かってやさしく微笑(ほほえ)む。二人の愛は完全で真実だ。

ロン　息子もだ。そのアイデアも気に入った。

周りを見る――自分の運命はわかっている。

怖いな。

ハーマイオニー　キスして。

ロンは少し考えてそのとおりにする。吸魂鬼（ディメンター）が降りてきて、二人は乱暴に引き離され、地面に押さえつけられる。それから二人は空中に引き上げられる。金色がかった白いもやが、二人の体の中から引きずり出される。二人の魂は、吸魂鬼（ディメンター）に吸いとられてしまったのだ。恐ろしい光景。

スコーピウスとスネイプが舞台の奥に再登場する。何が起こってしまったのかに気付いている。

スネイプ　湖に行こう。歩け。走るな。

スネイプがスコーピウスを見る。

落ち着け、スコーピウス。あいつらは目が見えないが、おまえの怖れを感じることができる。

スコーピウス　あいつらはたった今、二人の魂を吸いとった。

吸魂鬼（ディメンター）が一体、二人の頭上に襲いかかり、スコーピウスの行く手をふさぐ。

スネイプ　スコーピウス、何か別のことを考えるんだ。別のことだけを考えろ。

しかしスコーピウスは、ほかのことが考えられない。

スコーピウス　寒い。目が見えない。霧がかかったようだ――僕の中も、周りも。

スネイプ　おまえはキングだ。私は教授だ。あいつらは襲う条件がなければ襲わない。愛する人のことを考えろ。なぜこんなことをしているかを考えろ。

スコーピウス　（消耗しきって）母さんの声が聞こえる――僕の助けが――欲しいんだ。でも母さんは、僕が助けてあげられないことを――知っている。

スネイプ　スコーピウス、よく聞け。アルバスのことを考えろ。サソリ王が、アルバスのために王国を捨てるのだろう？

スコーピウスはどうしようもない。吸魂鬼(ディメンター)が作りだす絶望に支配されている。スネイプは、スコーピウスを救うために自分の心を開かなければならないことを知る。

たった一人だ。たった一人だけでいいのだ。私はリリーのためにハリーを救おうとして、できなかった。しかし今は、リリーの信じたことのために、私の全身全霊を捧げる。たぶん——今までのその過程で、私自身が同じ信念を持つようになったのかもしれない。

スコーピウスは決然と吸魂鬼(ディメンター)から離れる。

スコーピウス　世界は変わる。僕たちもそれと一緒に変わる。僕はこっちの世界のほうが、うまくやっている。しかし、こっちの世界は、よりよい世界ではない。こんな世界なら僕は欲しくない。

突然、ドローレス・アンブリッジが二人の背後に現れる。

アンブリッジ　スネイプ先生！
スネイプ　アンブリッジ校長。
アンブリッジ　ニュースを聞きましたか？　裏切り者の「穢(けが)れた血」のハーマイオニー・グレンジャーを捕えましたわ。今しがた、ここにいたのですよ。
スネイプ　それは――すばらしい。

ドローレスはスネイプをにらみつけている。スネイプも視線をそらさない。

アンブリッジ　あなたと一緒にね。グレンジャーはあなたと一緒にいましたのよ。
スネイプ　私と？　何かの間違いです。
アンブリッジ　あなたと、スコーピウス・マルフォイと一緒にですわ。ますますわたくしの心配の種になっていた生徒と一緒にです。
スコーピウス　それは……

スネイプ　ドローレス、我々は授業に遅れそうなのだ。失礼して……

アンブリッジ　授業に遅れそうなら、どうして学校に向かわないの？　どうして湖に向かっているのでしょう？

一瞬完全な沈黙。それからスネイプが、まったく彼らしくないことをする——笑みを浮かべる。

スネイプ　いつから私を疑っていた？

ドローレス・アンブリッジは宙に浮き、両腕を大きく広げる。闇の魔術が全身に満ちている。杖を構える。

アンブリッジ　もう何年も。もっと早く対処すべきでした。

スネイプの杖のほうが早い。

スネイプ　デパルソ！　除(の)け！

ドロ―レスの体が後方に吹き飛んでいく。

この女の思いあがりが、こやつの身の錆(さび)だ。さあ、もう後戻りはできない。

二人の周囲で、空が一段と暗くなる。

エクスペクトパトローナム！　守護霊よ　来たれ！

スネイプがパトローナスを送り出す。白く美しい雌鹿(めじか)の守護霊だ。

スコーピウス　雌の鹿？　リリーの守護霊？

スネイプ　不可思議ではないか？　内なるものから何が出るかは。

吸魂鬼（ディメンター）たちが二人を囲みはじめる。スネイプには、これからどうなるのかわかっている。

スコーピウス　おまえは逃げるのだ。こいつらは、私の力の続くかぎり遠ざけておく。ありがとう。あなたは僕の、闇の中の光だ。

スネイプがスコーピウスを見る。どこから見ても英雄そのもののスネイプだ。彼は静かに微笑む。

スネイプ　アルバスに伝えてくれ――アルバス・セブルスに――私の名前が付いていることを、私が誇らしく思うと。さあ、行け、行くんだ！

雌鹿がスネイプを見る。――スネイプがうなずく――雌鹿が今度はスコーピウスを見て、それから走りはじめる。スコーピウスは一瞬ためらってから、パトローナスの後を追って走る。周囲の世界が不気味さを増していく。血も凍るような悲鳴が、舞台の一方から聞こえる。スコーピウスは湖を見て、飛びこむ。

スネイプが身構える。

スネイプは地面に乱暴に押さえつけられ、高々と宙に押し上げられながら、体から魂が引き離されていく。叫び声が何倍にも増えるように思える。

雌鹿が振り返って美しい瞳をスネイプに向け、そして消える。バーンと大きな音。

閃光。

そして静寂。長い静寂。

すべてが静止し、穏やかで、完璧な安らぎに満ちている。

突然スコーピウスが水面に上がってくる。大きく息を吸う。自分の体の周りを見回す。

ハーハーと深く荒い息をつく。空を見上げる。間違いなく――さっきの空より青い。

しばらく完全な静けさ。

スコーピウスのあとから、アルバスが水面に上がってくる。沈黙が流れる。スコーピウスは、信じられない思いで、まじまじと友人を見る。二人とも、しばらくハッハッと息をしている。

アルバス　フワー！

スコーピウスの顔に不可思議な笑いが広がっていく。

スコーピウス　アルバス！

アルバス　危なかったなあ！　水中人を見たか？　あいつが持っていたのは――それにほかにもすごいのが――フワー！

スコーピウス　君だ！

アルバス　でも変だったなあ――セドリックがふくれはじめたと思ったら――またしぼみはじめて――それで君を見たら、杖を取りだしていた……

スコーピウス　君にまた会えて、どんなに嬉しいか。

アルバス　ついさっき会ったばかりじゃないか。

スコーピウスは、水の中でアルバスをハグするが、水中ではそう簡単にはいかない。

スコーピウス　それからいろんなことがあったんだ。

アルバス　気を付けろよ。僕を溺れさす気か。君の着てる服はなんだ？

スコーピウス　僕の着てる服？（マントを脱いで）君は何を着てる？　いいぞ！　君はスリザリンだ。

アルバス　うまくいったのか？　僕たち、何かできたのか？

スコーピウス　できなかった。それって、すばらしいことなんだ。

アルバスは、あっけにとられてスコーピウスを見る。

アルバス　なんだって？　失敗したのか？

スコーピウス　ああ、**そうなんだ。それって、すごいことなんだ。**

スコーピウスが水をはね散らす。アルバスは岸に上がる。

アルバス　スコーピウス、またスイーツを食べすぎてたんじゃないのか？
スコーピウス　それきた――辛辣なユーモア、アルバス流だ。好きだよ。
アルバス　いよいよ心配になってきたよ……

ハリーが登場し、水辺に駆けよる。すぐその後から、ドラコ、ジニー、マクゴナガル校長が続く。

ハリー　アルバス、アルバス。大丈夫か？
スコーピウス　（大喜びして）ハリー！　ハリー・ポッターだ！　それにジニーだ。マクゴナガル先生も。父さんも。僕の父さんだ。やあ、父さん。
ドラコ　やあ、スコーピウス。
アルバス　みんないるんだね。
ジニー　マートルが全部話してくれたわ。

アルバス　いったいどうなってるの？

マクゴナガル校長　時間の旅から帰ったばかりなのはあなたなのですよ。どうなっているか話すのはあなたのほうでしょう？

スコーピウスは、即座に、大人たちが何を知っているのかに気付く。

スコーピウス　あ、しまった。あ、どうしよう。どこに行ったのかな？

アルバス　どこから帰ったばかりだって？

スコーピウス　失くしてしまった！　逆転時計（タイムターナー）を失くした。

アルバス　（とても困った顔でスコーピウスを見て）何を失くしたって？

ハリー　アルバス、もう知らんぷりをやめるときだ。

マクゴナガル校長　あなた方には、説明することがおありのようですね。

第三幕　第10場　ホグワーツ　校長室

ドラコ、ジニー、ハリーは、申し訳なさそうな表情のスコーピウスと、アルバスの後ろに立っている。マクゴナガル校長はかんかんになっている。

マクゴナガル校長　確認しましょう——あなたたちはホグワーツ特急から許可も得ずに飛び降り、魔法省に侵入して盗みを働き、それを勝手に使って時間を変え、それで二人の人間を消してしまったと——

アルバス　確かに、あまりよい話ではないみたいです。

マクゴナガル校長　そして、ヒューゴとローズ・グレンジャー-ウィーズリーを消してしまったことに対するあなたたちの対応は、もう一度昔に戻ることだった——この二回目では——二人が失われたばかりか、大勢の人が失われ、自分の父親まで殺してしまった——そのせいで、魔法界始まって以来の闇の魔法使いを復活させ、闇の魔術の新しい時代を招じ入れてしまった。（冷淡に）ミスター・ポッター、あなたの言うとおり、あまりよろしくない話のようです。どんなに愚かだったか、お気付きですか？

スコーピウス　はい、校長先生。

アルバスは一瞬ためらい、父親を見る。

アルバス　はい。

ハリー　先生、一言よろしいですか――

マクゴナガル校長　よろしくありません。あなた方が親として何をしようと、それはあなた方の問題です。しかしここは私の学校で、この子たちは私の生徒ですから、どういう罰則を科すかは、私が選ぶことです。

ドラコ　妥当ですな。

ハリーがジニーを見る。ジニーは何も言えないというふうに首を振る。

マクゴナガル校長　あなたたちを退校処分にすべきなのでしょうが（ハリーをちらっと見て）、いろいろ考えあわせますと――二人を私の保護のもとに置いておくほうが安全だと思います。外出禁止です。期間は――そうですね、今学年いっぱい禁止だと考えてよろしい。クリスマス休暇はなしです。ホグズミード行きも二度とないと思いなさい。これはほんの手始めで……

突然、ハーマイオニーが部屋に入ってくる。行動力と決意に満ちてつかつかと。

ハーマイオニー　何か大切なことを聞き損ねましたか？

マクゴナガル校長　（険しい顔で）部屋に入るときはノックするのが礼儀というものです。ハーマイオニー・グレンジャー、たぶん、それをやり損ねたのでしょう。

ハーマイオニー　（出過ぎた態度をとったことに気付いて）あっ。
マクゴナガル校長　魔法大臣、あなたを外出禁止にできるのなら、そうしたいところです。
逆転時計（タイムターナー）を保管しておくとは、愚の骨頂です！
ハーマイオニー　弁明しますと――
マクゴナガル校長　しかも本棚にですよ。それを本棚にしまった。ほとんど喜劇です。
ハーマイオニー　ミネルバ。（敬称を使わない呼びかけ方に、一同はっと息を飲む）マクゴナガル校長――
マクゴナガル校長　あなたの子どもたちは存在すらしなくなったのですよ！

ハーマイオニーは、返す言葉が見つからない。

こんなことが、私の学校で、私の監視下で起こった。ダンブルドアがあれだけのことをなさったというのに、私は恥ずかしくて、自分が許せません……
ハーマイオニー　わかります。

マクゴナガル校長は、少しのあいだ気を静める。

マクゴナガル校長　（アルバスとスコーピウスに向かって）やりかたは間違っていたにせよ、セドリックを救おうとした意図は、気高いものです。それに、あなたたちは勇敢だったようですね、スコーピウス、それにアルバス、あなたも。ただし、教訓は、あなたのお父さまでさえ、ときには聞き入れなかったことですが、勇敢さは愚かさを帳消しにしてくれないということです。つねに考えることです。何が可能かを考えるのです。ヴォルデモートに支配された世界は――

スコーピウス　ぞっとする世界だ。

マクゴナガル校長　みなさんはかくも若い。（ハリー、ドラコ、ジニー、ハーマイオニーを見て）みなさんは全員、とても若い。魔法界の戦いがどんなに暗いものだったか、みなさんにはわからないでしょう。あなたたち二人は――向こう見ずでした――この世界は――何人もの人が――私の親しい友人も、あなた方の友人も――多大な犠牲を払って築きあげ、維持してきたものなのです。

アルバス　はい、先生。

スコーピウス　はい、先生。

マクゴナガル校長　行きなさい。出ていきなさい。全員です。あの逆転時計（タイムターナー）を探して持ってくるのです。

第三幕　第11場　ホグワーツ　スリザリン寮

アルバスは自分の部屋で座っている。ハリーが入ってきて、息子を見る。腹を立てているが、感情を表に出さないように慎重になっている。

ハリー　入れてくれてありがとう。

アルバスは父親に振りむき、うなずいてみせる。こちらも慎重になっている。

逆転時計（タイムターナー）捜索は、まだなんの成果もない。水中人（マーピープル）と交渉して、湖の底をさらおうとしている。

ぎこちなく腰かける。

アルバス　いい部屋だね。緑色って、落ち着くよね？　グリフィンドールの部屋もいいけど、問題は、赤い色――赤って、人をちょっとおかしくする――中傷するわけじゃないけど……

ハリー　どうしてこんなことをしたのか、説明してくれないか？

アルバス　僕、もしかしたら――物事を変えられるんじゃないかと思って――セドリックのことは――不当だと思った。

ハリー　もちろん不当だよ、アルバス。父さんがそれを知らないと思うのか？　私はその場にいたんだ。彼が死ぬのを見たんだ。しかし、こんなことをするとは……こんな大きなリスクを冒して……

アルバス　うん。

ハリー　（怒りを抑えられずに）父さんと同じことをしようとしたのだったら、やり方を間違えた。私はすすんで冒険を求めたのではなく、無理やり引き込まれたのだ。おまえのやったことは、ほんとうに向こう見ずだった——愚かで危険なことだった——何もかも破壊してしまったかもしれないような——

アルバス　わかってるよ。オーケー、わかってる。

間。アルバスは涙をぬぐう。ハリーはそれに気付いて深呼吸をする。瀬戸際で自分を引き留める。

ハリー　父さんも間違っていた——スコーピウスがヴォルデモートの息子だと考えたことが。彼が黒雲なのではなかった。

アルバス　ちがうよ。

ハリー　あの地図は鍵をかけて、しまった。もうおまえが二度と目にすることはないよ。母さんは、おまえの部屋を、家出したときと同じにしておいた——知っているか？　父さんを入れてくれないんだ……誰も入れようとしない——おまえは母さんをどんなに怖がらせたか——父さんをもだ。

アルバス　父さんをそんなに怖がらせた？
ハリー　そうだ。
アルバス　ハリー・ポッターには怖いものなんかないと思ったけど？
ハリー　私がそんなふうに思わせたのかい？

アルバスは、父親を理解しようとしながら、その顔を見る。

アルバス　スコーピウスは話してないと思うけど、第一の課題を処理しそこねて戻ってきたとき、僕は突然グリフィンドールの寮生になっていた。でも、そのときでも、僕と父さんとのあいだはなんにもよくならなかった——だから、僕がスリザリン生だということは——僕と父さんの問題の原因ではないんだ。それだけが問題なんじゃないんだ。
ハリー　そうだ。わかっている。そのことだけが問題ではない。

ハリーは息子を見る。

アルバス、大丈夫か？

アルバス　いいや。

ハリー　父さんも大丈夫じゃない。

第三幕　第12場　**夢　ゴドリックの谷　墓地**

子どものハリーは、たくさんの花が供えられた墓の前に立って墓石を見ている。手には小さな花束を握っている。

ペチュニアおばさん　さっさと済ませなさい。その安っぽい花を置いて、帰るんだよ。こんなしょうもない村はもうたくさんだ。私がどうしてこんなことを考えたのか、さっぱりわからないよ――ゴドリックの谷、むしろ神も見捨てるゴッドレスの谷だ。まったく、汚らしい掃きだめだよ――早くしなさい。ほら、ほら。

子どものハリーが墓に近づく。そこでまた足を止める。

さあ、ハリー……こんなことをしている暇はないんだ。ダドリーちゃんが今晩、カブ・スカウトに行くんだからね。あの子は遅れるのが大嫌いだって、知ってるだろう。

子どものハリー　ペチュニアおばさん、僕たちは、この人たちの最後の親戚でしょう？

ペチュニアおばさん　そうだよ。おまえと私が。そう。

子どものハリー　それに——この人たちは人気者じゃなかったって？　友だちは一人もいなかったって言ったよね？

ペチュニアおばさん　リリーは努力したよ——哀れなリリー——努力はしたさ——彼女のせいじゃないんだが、性格が性格だから——みんなが避けたのさ。激しい子で、彼女の——態度とか——やりかたがね。それにおまえの父親は——嫌な男だった——極端に嫌なやつ。友だちはいない。二人ともいなかった。

子どものハリー　聞きたいんだけど——どうしてこんなに花が供えられてるの？　二人のお墓に花がいっぱいなのはどうして？

ペチュニアおばさんは墓を見回し、初めて気付いたように、たくさんの花を眺める。その光景に大きく心を動かされる。妹の墓に近寄り、そばに座る。感情を追い払おうとするが、結局ちらりと見せてしまう。

ペチュニアおばさん　ああ、そう。まあ、どうやら――少しはあるようだ。ほかの墓から吹き寄せられて来たんだろう。それとも誰かのいたずらだ。そうだよ、それにちがいない。時間をもてあましたろくでなしの若いやつが、ほかの墓から花を集めて、ここに捨てたんだ――

子どものハリー　でも、二人の名前が書いてあるよ……リリーとジェームズへ、あなたたちのしたことを、決して忘れません……リリーとジェームズへ、あなたたちの犠牲は――

ヴォルデモート　罪の匂いがする。罪の悪臭が漂っている。

ペチュニアおばさん　（子どものハリーに向かって）離れて。そこから離れて。

ペチュニアはハリーを引き戻す。ヴォルデモートの片手がポッター家の墓石の上に突き出され、全身が少しずつ上がってくる。顔は見えないが、とげとげしい不気味なシルエットがわかる。

思ったとおりだ。ここは危険だ。ゴドリックの谷なんぞ、早く離れるに越したことはない。

子どものハリーは、引きずられて舞台から退場していくが、体をひねってヴォルデモートのほうを見る。

ヴォルデモート　ハリー・ポッター、おまえは今でも俺様の目を通してものを見るのか？

子どものハリーが動揺しながら退場するのと同時に、アルバスがヴォルデモートのマントの中に飛び出してくる。必死で父親のほうに手をのばす。

アルバス　　父さん……父さん……

蛇語が聞こえる。

「あの人」がくる、「あの人」がくる、「あの人」がくる。

そして叫び声。

客席の真後ろから、すべての観客の周囲でささやく声。聞きちがえようのないあの声。

ヴォルデモートの声……

ハァァアリィー・ポッタァァァァー……

第三幕　第13場　ハリーとジニー・ポッターの家　キッチン

ハリーは恐怖に襲われている。夢が告げていることの意味に呆然としている。

ジニー　ハリー？　ハリー？　どうかしたの？　叫んでいたわ……

ハリー　まだ終わっていないんだ。悪夢は。

ジニー　すぐには終わらないでしょう。ずっとストレス続きだったし、だから――

ハリー　しかし、私は、ペチュニアと一緒にゴドリックの谷に行ったことはない。この夢は――

ジニー　ハリー、あなたのことがほんとうに心配だわ。

ハリー　ジニー、あいつはまだここにいる。

ジニー　誰が、まだいるの？

ハリー　ヴォルデモートだ。見たんだ。ヴォルデモートとアルバスを。
ジニー　アルバスも？
ハリー　やつは言った——ヴォルデモートが言った——「罪の匂いがする。罪の悪臭が漂っている」。やつは私に話しかけていた。

ジニーを見る。傷痕に触れる。ジニーの顔が曇る。

ジニー　ハリー、アルバスはまだ危険なの？

ハリーの顔が蒼白になっていく。

ハリー　私たち全員が危険だ。

第三幕　第14場

ホグワーツ　スリザリン寮

二人の少年は寝ているはずの時間だが、スコーピウスは寝つけない。ベッドから抜けだして、アルバスのベッドのヘッドボードによりかかり、不気味な感じでのぞき込んでいる。

スコーピウス　アルバス……プスプスプスプス……アルバス。

しかしアルバスは目を覚まさない。そこでスコーピウスは声を爆発させる。

アルバス！

アルバスはびっくりして目を覚まし、スコーピウスは声をあげて笑う。

アルバス　楽しいな。こんなふうに目覚めるのは楽しいよ。怖くない目覚め方だものな。

スコーピウス　あのさ、とっても変なんだけど、これ以上怖いところはないっていう場所にいたあとは、僕、怖れに対してかなり強くなった。僕は——恐れ知らずのスコーピウス——怖いもの知らずのマルフォイだ。

アルバス　いいね。

スコーピウス　つまり、普通だったら、閉じこめられて、外出禁止なら、僕はくじけるだろうな。でも今は——最悪、何ができるっていうんだ？　ボロボロ・ヴォルデモートを連れ戻して、僕を拷問する？　できやしないよ。

アルバス　機嫌のいいときの君って、怖いよ、わかってるか？

スコーピウス　今日、魔法薬の時間にローズがやってきて、僕のこと「パン頭」って呼んだんだ。僕、ほとんど彼女を抱きしめそうになったよ。いや、ほとんどはなし。僕、彼女を抱きしめようとしたんだ。そしたら、あいつ、僕のむこうずねを蹴飛（けと）ばした。

アルバス　恐れ知らずは、どうも君の健康によくないな。

スコーピウスはアルバスを見る。物思いにふけるような表情になる。

スコーピウス　アルバス、ここに戻ってこられて、どんなに嬉しいか、君にはわからないだろうな。あそこは大嫌いだった。

アルバス　ポリー・チャップマンが君にちょっと気があったこと以外はな。

スコーピウス　セドリックはまったくの別人だった――闇の、危険な人物。僕の父さんは――やつらの言うことをなんでもやっていた。そして僕は？　あのね、別人のスコーピウスを発見したよ。自己中心的で、怒っていて、意地悪で――みんなが僕を怖がっていた。なんだか僕たち全員が試練を受けて、全員が――失敗したみたいな感じだね。

アルバス　でも君は世界を変えた。チャンスをつかんで、君は時間を元に戻し、君自身も元に戻した。

スコーピウス　自分がどうあるべきかを、僕自身がわかっていたからなんだ。

アルバスはこの言葉をかみしめる。

アルバス　僕ももう試練を受けたと思う？　試されたんだろ、そうだろう？

スコーピウス　いいや、まだだ。

アルバス　ちがうな。一度昔に戻ったことは愚かじゃなかった——誰でもそういう間違いは犯す——愚かなのは、傲慢にも二度も昔に戻ったことだった。

スコーピウス　アルバス、僕たち二人とも二度戻った。

アルバス　どうして僕はそんなにこだわったんだろう？　セドリックのことか？　ほんとうに？　ちがう。僕は何かを証明しようとしたんだ。父さんの言うとおりだ——父さんはすすんで冒険を求めたわけじゃなかった——僕は求めた。みんな僕が悪いんだ——君がいなかったら、何もかもが闇の世界に戻ったかもしれない。

スコーピウス　でも戻らなかった。それに、君も僕と同じに感謝されるべきなんだ。

吸魂鬼（ディメンター）たちが僕の——頭に入りこんだとき——セブルス・スネイプが、君のことを考えろって言った。君はその場にいなかったかもしれないけど、アルバス、君も戦っていた——僕と並んで。

アルバスはうなずく。この言葉に胸を打たれている。

それに、セドリックを救うことにしても——そんなに悪い考えじゃなかった——少なくとも僕の頭の中では——ただ、君もわかっているようにーーもう二度とやってはいけない。

アルバス　そうだ。わかってる。

スコーピウス　よーし。それなら、これを壊すのを手伝ってくれ。

スコーピウスは、枕の下から逆転時計（タイムターナー）を取り出し、驚くアルバスに見せる。

アルバス　これは湖の底だって、君は確かにみんなにそう言った。

スコーピウス　怖いもの知らずのマルフォイは、嘘がうまいということさ。

アルバス　スコーピウス、誰かにこのことを言わないと……

スコーピウス　誰に？　魔法省も前にこれを保管していたんだ。二度と同じことをしないと、魔法省を信用できるか？　これがどんなに危険なものかを経験したのは、君と僕だけだ。つまり、僕たちがこれを破壊しないといけないんだ。アルバス、僕たちのやったようなことを、誰もできないように。誰も。絶対に。（もったいぶって）時間の逆転は、もはや過去のものとなる時がきた。

アルバス　（スコーピウスに微笑みかけながら）そのセリフ、かなり得意なんだろう？

スコーピウス　（にやりと笑い返しながら）一日中考えたセリフだ。

第三幕　第15場　ホグワーツ　スリザリン寮

ハリーとジニーは、急ぎ足で寮の中を歩いている。クレイグ・バウカーＪＲが二人の後を追っている。

クレイグ・バウカーＪＲ　もう一度言いましょうか？　これは規則に反します。それに夜中です。

ハリー　息子を見つけないといけないんだ。

クレイグ・バウカーＪＲ　ミスター・ポッター、あなたのことは存じています。でもたとえあなたであっても、両親や教授が、きちんとした特別許可状なしで寮に入ることは校則に反します……

マクゴナガル校長が三人の後ろから駆けよってくる。

マクゴナガル校長　クレイグ、七面倒なことはおやめなさい。
ハリー　伝言が届いたのですね？　よかった。
クレイグ・バウカーＪＲ　（ショックを受けて）校長先生、僕は――僕はただ――

ハリーがベッドのカーテンを開ける。

マクゴナガル校長　いないのですか？
ハリー　はい。
マクゴナガル校長　マルフォイ少年は？

ジニーが別のベッドのカーテンを開ける。

ジニー　ああ、どうしましょう。
マクゴナガル校長　では学校中をひっくりかえして探しましょう。クレイグ、一仕事です……

ジニーとハリーはベッドを見たまま立ちつくしている。

ジニー　前にもこんなことがあったわね。
ハリー　今度はなぜかもっと悪いような気がする。

ジニーは、不安でいっぱいになって夫を見る。

ジニー　あれ以来あの子と話したの？
ハリー　ああ。
ジニー　あの子の寮に来て、あの子と話したの？
ハリー　ああ、話した。
ジニー　あなたの息子に、何を言ったの？

ハリーは、なじるような声の調子に気付く。

ハリー　君に言われたように、僕は正直になろうとした——何も言わなかった。

ジニー　自分を制したの？　どのくらい熱くなったの？

ハリー　……そんなことはない……私があの子を怖がらせて、また逃げ出させたと考えているのか？

ジニー　一度だけの過ちなら、あなたを許せるわ、ハリー。たぶん二度目も。でも、間違いが繰り返されるたびに、だんだんあなたを許せなくなっていくの。

第三幕　第16場　ホグワーツ　ふくろう小屋

スコーピウスとアルバスが、銀色の光を浴びた屋根の上に現れる。周りから、ホーホーとふくろうの低い鳴き声が聞こえている。

スコーピウス　じゃ、僕は簡単な「コンフリンゴ」で砕くのがいいと思う。
アルバス　絶対だめだ。こういうものは、「エクスパルソ」で吹っ飛ばす必要がある。
スコーピウス　「エクスパルソ」？　吹っ飛ばしたりしたら、逆転時計(タイムターナー)のかけらを探すのに、何日もふくろう小屋を掃除することになるよ。
アルバス　「ボンバーダ」で爆撃するのは？
スコーピウス　ホグワーツ中を起こす気か？　「ステューピファイ」で失神させるのはどうかな。もともとは失神呪文で破壊していた……

アルバス　そのとおり。以前はそうしていた——僕たちは何か新しいことをやろう。何かおもしろいことを。

スコーピウス　おもしろい？　いいか、正しい呪文を選ぶことの重要さを無視する魔法使いが多いけど、それはとても大切なことなんだ。現代魔法のなかで、ずいぶん過小評価されている部分だと思う。

デルフィー　「現代魔法のなかで、ずいぶん過小評価されている部分」——あなたたち二人は最高よ。わかってる？

スコーピウスは顔を上げ、驚く。いつのまにかデルフィーが二人の後ろにいる。

スコーピウス　ウワー。君は……ア……ここで何してるの？

アルバス　大切なことだと思ったから、僕がふくろうを送った——彼女に僕たちのしようとしていることを知らせるのに——ね？

スコーピウスは、咎（とが）めるように友人を見る。

これは彼女にも関わることだ。

スコーピウスは少し考え、折れてうなずく。

デルフィー　何がわたしに関わるの？　なんのことなの？

アルバスは逆転時計（タイムターナー）を取りだす。

アルバス　逆転時計（タイムターナー）を破壊する必要があるんだ。第二の課題のあとでスコーピウスが見たものときたら……ごめん。僕たちもう昔に戻るリスクはとれない。君のいとこを助けられない。

デルフィーは逆転時計（タイムターナー）を見て、それから二人を見る。

デルフィー　あなたのふくろう便にはほとんど何も書いてなくて……

アルバス　最悪の世界を想像して、それを二倍にしてみて。みんなが拷問され——吸魂鬼（ディメンター）がそこら中にいて——ヴォルデモートは独裁者——僕の父さんは死んで、僕は生まれなかった。世界は闇の魔術で覆われている。僕たちどうしても——そんなことが起こるのを許せない。

デルフィーはためらう。それから表情をがらりと変える。

デルフィー　ヴォルデモートが支配していた？「あの人」が生きてたの？

スコーピウス　彼がすべてを支配していた。恐ろしかった。

デルフィー　あなたたちがしたことのせいで？

スコーピウス　セドリックを辱（はずかし）めたことで、怒れる若者に変えてしまって、それから彼は死喰い人（しくいびと）になった。そして——そして——何もかもおかしくなった。ほんとうにおかしくなった。

デルフィーはスコーピウスの顔を注意深く見つめ、暗い表情になる。

デルフィー　死喰い人に?

スコーピウス　それに殺人者だ。セドリックがロングボトム先生を殺した。

デルフィー　それじゃ——もちろん——それは破壊しなくては。

アルバス　わかってくれた?

デルフィー　それ以上よ——セドリックもわかってくれただろうと思うわ。一緒に破壊しましょう。そしておじさんのところへ行きましょう。事情を説明するの。

アルバス　ありがとう。

デルフィーは二人に向かって悲しげに微笑み(ほほえ)、逆転時計(タイムターナー)を手に取る。手の中の時計を見て、表情がかすかに変わる。

あ、すてきな印だ。

デルフィー　え？　何が？

デルフィーのマントがずれて、首の後ろのオーグリーの入れ墨があらわになっている。

アルバス　君の背中に。今まで気付かなかった。羽根の印。これ、マグルが入れ墨って呼んでるものかな？

デルフィー　ああ。そうよ。えーと、これはオーグリー。

スコーピウス　オーグリー？

デルフィー　魔法生物飼育学の授業で習わなかったの？　雨が近づくときに鳴く、不吉な姿の黒い鳥。魔法使いたちは、オーグリーの鳴き声は死の予兆だって信じていたものよ。わたしの子どものころ、育ての親が、鳥かごで一羽飼っていたわ。

スコーピウス　君の……育ての親？

デルフィーはスコーピウスを見る。逆転時計を手に入れたいま、ゲームを楽しみはじめている。

デルフィー　育ての母親は、わたしがろくな死に方はしないと予見してオーグリーが鳴くんだって言ったものよ。わたしのことがあまり好きじゃなかったのね。ユーフィミア・ラウル……お金目当てでわたしを引き取った人よ。

アルバス　だったら、どうしてその人の鳥を入れ墨にしたかったの？

デルフィー　未来は自分が決めるものだっていうことを、思い出させるからよ。

アルバス　かっこいい。僕もオーグリーの入れ墨、入れようかな。

スコーピウス　ラウルたちは、かなり極端な死喰い人だった。

スコーピウスの頭の中では、何千もの考えが渦を巻いている。

アルバス　さあ、破壊しようよ……コンフリンゴ？　ステューピファイ？　ボン

スコーピウス　バーダ？　どれを使う？
デルフィー　返してくれ。逆転時計（タイムターナー）を返してくれ。
アルバス　なんですって？
スコーピウス　スコーピウス？　何してるんだ？
アルバス　君が病気だったなんて信じないぞ。どうしてホグワーツに入学しなかったんだ？　どうして今ここにいるんだ？
デルフィー　いとこを取り戻そうとしてるのよ。
スコーピウス　あいつらは君をオーグリー様って呼んでいた。別の——あの世界で——みんなは君をオーグリー様って呼んでいた。

デルフィーの顔にゆっくりと笑みが広がっていく。

デルフィー　オーグリー様？　いいじゃないの。
アルバス　デルフィー？

デルフィーはすばやい。杖を水平に構え、スコーピウスを押しのける。デルフィーのほうがずっと強い——スコーピウスはデルフィーを押し返そうとするが、すぐに歯が立たなくなる。

デルフィー　フルガーリ！　閃光！

スコーピウスの両腕が、邪悪に光るひもで縛りあげられる。

スコーピウス　アルバス、逃げろ。

アルバスは戸惑ってあたりを見回す。それから走りはじめる。

デルフィー　フルガーリ！

アルバスの体は床に転がされ、両手が同じように残忍なひもで縛られる。

おまえに使う最初の呪文だね。もっとたくさん使わなければならないと思っていたけれど。でもおまえはエイモスよりずっとコントロールしやすかった——子どもは、とくに男の子はもともと柔順なんだ、そうだろう？　さて、このごたごたに、すっきりけりをつけようじゃないの……

アルバス　でも、どうして？　何が？　君は誰なの？

デルフィー　アルバス、私は新しい過去だ。

アルバスの杖を取りあげて折る。

私は新しい未来だ。

スコーピウスの杖を取りあげて折る。

私はこの世界が探し求めていた答えなのだ。

第三幕　第17場　魔法省　ハーマイオニーのオフィス

ロンが、書類を調べているハーマイオニーのデスクに腰かけている。

ロン　まったく驚いたよ。別の現実世界で、僕たちは、ほら、結婚すらしてないんだ。

ハーマイオニー　ロン、なんでもいいから――あと10分で、小鬼（ゴブリン）たちがグリンゴッツのセキュリティについて話をしにくるのよ――

ロン　だって、僕たちは相当長いあいだ一緒にいる――相当長いこと結婚してる――つまり、**相当**長いあいだ――

ハーマイオニー　それがあなたらしい言い方で、結婚を終わらせたい、という意味なら、はっきりさせるために、この羽根ペンであなたを串刺しにしてあげるわ。

ロン　黙れよ。一度ぐらい黙っていられないか？　僕がしたいのは、何かで読んだことのある、結婚のやりなおしなんだ。新たな結婚。どう思う？

ハーマイオニー　（態度を和らげて）もう一度私と結婚したいの？

ロン　うーん。最初の結婚のときは、僕たちまだ若かったし、僕はかなり酔っぱらってた。それで――正直に言うと、僕、あんまり覚えていないんだ……真実は――僕はハーマイオニー・グレンジャーを愛してる――時が経っても――大勢の人の前でそう言う機会が欲しいんだ。もう一度。しらふで。

ハーマイオニーはロンを見て微笑み、引きよせてキスをする。

ハーマイオニー　やさしいのね。

ロン　君はトフィーの味がする。

ハーマイオニーが声をあげて笑う。二度目のキスをしようとしたところに、ちょうどハリーとジニーとドラコが入ってくる。二人はパッと離れる。

ハーマイオニー　ハリー、ジニー、それに――私、あの――ドラコ――よく来てくれたわ――

ハリー　夢を見た。また悪夢が始まった、と言うか、まだ終わっていなかったんだ。

ジニー　アルバスがいないの。また。

ドラコ　スコーピウスもだ。マクゴナガルに学校中を捜索してもらった。二人ともいない。

ハーマイオニー　闇祓（やみばら）いたちをすぐに集めます。そして――

ロン　いや、そうしなくていい。大丈夫だ。アルバスは、昨日の夜、僕が見てる。なんにも問題ない。

ドラコ　どこで？

三人がいっせいにロンを振り返る。ロンは少しどぎまぎするが、なんとか頑張って続ける。

ロン　僕は——ま、君たちもよくすることだろうけど——ホグズミードでネビルとファイアウィスキーをちょっと引っかけていた。——それで、ま、僕たちのよくやることだけど——世の中をあれこれまともにしていたわけだ。——それで、帰り道——相当遅かった。かなり遅い時間で、僕はどの煙突を使って帰るかを考えていた。ときどき、一杯飲んだあとは、あまり狭い煙突はよろしくないし——曲がりくねったのも——

ジニー　ロン、はやく要点を言ってくれない？　さもないとみんなで絞め殺すわよ。

ロン　逃げ出したんじゃない——安らぎの時を過ごしていたんだ——年上のガールフレンドもいた——

ハリー　年上のガールフレンド？

ロン　しかもいかす美人だ――豪華なシルバー・ヘアだ。屋根の上に一緒にいるのを見た。ふくろう小屋の近くで、スコーピウスがお邪魔虫だった。僕の「愛の妙薬」がうまく使用されているのをながめるのはいいものだ、そう思った。

ハリーは、あることを考え、あれやこれやと考えをめぐらすが、どれもぴったり合わない。

ハリー　髪が――シルバーとブルーか？
ロン　それそれ――シルバーとブルー――そっ。
ハリー　デルフィー・ディゴリーのことだ。エイモス・ディゴリーの――姪だ。
ジニー　またセドリックなの？

ハーマイオニーがオフィスの外に向かって大声で言う。

ハーマイオニー　エセル、小鬼（ゴブリン）をキャンセルして。

第三幕　第18場

聖オズワルド魔法老人ホーム エイモスの部屋

ハリーが杖を突きだして構えながら入ってくる。ドラコが一緒だ。

ハリー　みんなはどこだ?

エイモス　ハリー・ポッター、部長殿、何かご用ですかな? それにドラコ・マルフォイも。光栄ですな。

ハリー　あなたが私の息子を利用したのは知っている。

エイモス　わしが、あなたの息子を? とんでもない。部長殿——君こそわしのすばらしい息子を使った。

ドラコ　言え——さあ——アルバスとスコーピウスはどこだ。さもないと、最悪の深刻な事態に直面することになるぞ。

エイモス　しかし、どうしてわしが、二人の居場所を知っているのかね?

ドラコ　ぼけたふりをしても無駄だ、ご老体。我々は、あなたがアルバスにふくろうを送り続けていたのを知っている。

ハリー　そんなことはしとらん。

エイモス　エイモス、あなたの歳でも、まだアズカバン送りに遅くはない。二人がいなくなる前、最後に見かけたのはホグワーツの塔の上で、あなたの姪と一緒だった。

ハリー　いったいなんのことやら……（ふと言い止す。困惑した表情）わしの姪？

エイモス　どこまでもしらを切るつもりなのだな？　そうだ、あなたの姪だ。その姪が、あなたのはっきりした指示のもとに、あそこにいたことを否定するとでも……

ドラコ　ああ、否定する――わしに姪はいない。

この言葉でハリーの動きがぴたりと止まる。

いや、いる。介護人で、ここで働いている。おまえの姪……デルフィー・ディゴリーだ。

エイモス　わしに姪はいない。兄弟も姉妹もいないのだから。妻にもいなかった。

ドラコ　あいつの正体を調べるのだ——**いますぐ**。

第三幕　第19場

ホグワーツ　クィディッチ・ピッチ

舞台にはデルフィーがいる。別人になった彼女は、この時間を徹底的に楽しんでいる。それまでの戸惑いや不安定な感じは消え、今は力をみなぎらせている。

アルバス　クィディッチ・ピッチで何をしようっていうんだ？

スコーピウスはすばやく頭を働かせる。

スコーピウス　三校対抗試合。第三の課題。迷路。ここがその迷路の場所だ。セドリックを探しに戻るんだ。

デルフィー　そうだ。今こそよけい者をよけい者でなくする時だ。我々はセドリックを探しに行く。そうすることで、スコーピウス、おまえの見た世界をよみがえらせるのだ。

スコーピウス　地獄だ。君は地獄をよみがえらせたいのか？

デルフィー　私は純血で強力な魔法を取り戻したい。闇をよみがえらせたい。

スコーピウス　君はヴォルデモートに戻ってほしいのか？

デルフィー　魔法界の唯一の真の支配者。彼は戻る。さて、最初の二つの課題は、おまえたちの魔法のせいでかなり動きにくくなってしまった——この二つの課題にはそれぞれ、未来の世界から少なくとも二度の訪問があるはずだ。私は見つかったり気をそらされたりするリスクは絶対に冒さない。第三の課題はまっさらだ。そこから始めよう、いいな？

アルバス　僕たちはセドリックを止めない——君が強制しても。——彼は僕の父さんと一緒に、試合で優勝する必要があるんだ。

デルフィー　彼を止めるだけではない。おまえはセドリックに恥をかかせるのだ。セドリックは、紫の毛バタキでできた箒に乗って裸で迷路から飛び出す。彼に屈辱を与えることで、おまえは一度別の世界を実現した。同じことをすれば、再び我々は別の世界を実現できるはずだ。そして予

スコーピウス　言が成就するのだ。
デルフィー　予言があったなんて、気付かなかった――どんな予言だ？
アルバス　スコーピウス、おまえはあるべき姿の世界を見たのだ。今日、我々はその別世界が戻ってくるようにする。
デルフィー　そうはならない。僕たちは君に従わないぞ。君が誰だろうと。僕たちに何をさせようとしても。
アルバス　おまえはもちろん従う。
デルフィー　「服従の呪文」をかけなければならないだろうな。僕を操らないとできないぞ。
デルフィー　いや。予言の成就のためには、おまえ自身がやらなければならない。操り人形のおまえではなく……おまえが、セドリックを辱めなければならないのだ。服従の呪文は役に立たない――ほかの方法で、無理にでもおまえにやらせる。

杖を取りだし、アルバスに向ける。アルバスは歯を食いしばって抵抗の姿勢。

アルバス　なんでもやってみろ。

デルフィーはアルバスを見る。それから杖をスコーピウスに向ける。

デルフィー　ああ、やってやる。
アルバス　やめろ！
デルフィー　ふふん、思ったとおりだ――このほうがおまえには怖い。
スコーピウス　アルバス、こいつが僕に何をしようとも――僕たちは、こいつの思いどおりにさせるわけには――
デルフィー　クルーシオ！　苦しめ！

スコーピウスが痛みに悲鳴をあげる。

アルバス　僕は……

デルフィー　（笑い声をあげながら）なんだ？　おまえにいったい何ができる？　魔法界を失望させたおまえに？　家名の汚点のおまえに？　よけい者のくせに！　たった一人の友だちを、私が傷つけるのを止めたいのか？　それなら私の言うとおりにしろ。

アルバスを見る。彼の目にはまだ、抵抗の色が浮かんでいる。

アルバス　いやか？　クルーシオ！　やめてくれ！　お願いだ。

クレイグが元気いっぱいに走ってくる。

クレイグ・バウカーＪＲ　スコーピウス？　アルバス？　みんなが君たちを探してるぞ――
アルバス　クレイグ！　逃げろ。助けを呼ぶんだ！
クレイグ・バウカーＪＲ　何が起こってるんだ？

デルフィー　アバダ　ケダブラ！

デルフィーの放った緑色の光が舞台を飛んでいく。クレイグは仰向けに吹き飛ばされ——そのまま息絶える。あたりが静まり返る。長い静寂に感じられる。

わからなかったのか？　これは子どもっぽい遊びではないぞ。おまえは私の役に立つが、おまえの友人たちはちがう。

アルバスとスコーピウスはクレイグの亡骸を見ている——心がかきむしられる思いだ。

アルバス・ポッター、私は長いことかかっておまえの弱みをつかんだ。自尊心かと思ったり、父親を感心させることかと思ったりした。そして気が付いた。おまえの弱みは父親と同じだ——友情だ。おまえは私の言うとおりにする。さもないとスコーピウスは死ぬ。その**よけい**

者が死んだように。

デルフィーが二人を見る。

ヴォルデモートは戻り、オーグリー様はその傍らに座るのだ。予言のとおりに。「よけい者がよけい者でなくなり、時間が逆戻りし、見えない子どもたちがその父親たちを殺すとき――闇の帝王が戻るであろう」。

デルフィーが微笑(ほほえ)む。スコーピウスを乱暴に引きよせる。

セドリックはよけい者だ。そして、アルバス――

今度はアルバスを乱暴に引きよせる。

——歴史を書き換えることで、見えない子どもが父親を殺す。そして闇の帝王を呼び戻すのだ。

逆転時計（タイムターナー）が回りはじめる。デルフィーが少年たちの手を引っぱり、時計に触れさせる。

さあ！

巨大な閃光が走る。何かが砕けるような音が響く。

時間が止まる。時は流れの向きを変え、少しためらい、そして巻き戻りはじめる。

はじめはゆっくりと……それから加速して。

何かが吸いこまれるような音と、バン！　という音が響く。

第三幕　第20場　三校対抗試合　迷路　1995年

らせんを描く生垣の迷路は、絶えず動き続けている。デルフィーはためらいも見せずに迷路の中を歩いていく。後ろに、アルバスとスコーピウスを引っぱっている。二人は両腕を縛られ、無理やり歩かされている。

ルード・バグマン　紳士、淑女のみなさん、少年、少女諸君。さてこれから始まるのは――もっとも偉大で――もっともすばらしい――しかも二つとない――一大試合、**三校対抗試合**。

大きな声援があがる。デルフィーが下手（しもて）に曲がる。

さあ、ホグワーツ校の生徒たち。声援をどうぞ。

また、大きな声援。

さあ、ダームストラング校——声援をどうぞ。

大きな声援があがる。

そして、ボーバトンの生徒たち、声援をどうぞ。

大げさな声援があがる。

デルフィーと少年たちは、身近に迫る迷路の生垣に追い立てられるように進んでいく。

フランス校の応援もついに本領発揮ですね。みなさん、次なる課題は——対抗試合最後の課題。謎の迷路、手に負えない不安な暗闇。この迷路は——生きている。生きているのです。

ビクトール・クラムが、迷路の中を歩きながら舞台を横切っていく。

デルフィー　生きた悪夢の危険を冒すのはなぜか？　それは、この迷路に「カップ」があるからなのです——ただのカップではない——そうです、三校対抗試合の優勝カップがこの迷路の茂みの中にあるのです。彼はどこだろう？　セドリックはどこだ？

アルバスとスコーピウスは、危うく生垣に体を切り裂かれそうになる。

スコーピウス　この生垣も僕たちを殺そうとしてるのか？　ますますおもしろくなるな。

デルフィー　ちゃんとついてこい。さもないとひどい目にあうぞ。

ルード・バグマン　危険がいっぱい、賞金もいっぱい。誰が迷路を戦い抜くか？　誰が最後のハードルで倒れるか？　我らの輪に取り囲まれるヒーローたちは誰か？　時のみぞ知る、紳士、淑女諸君、時のみぞ知る。

三人は迷路の中を進み続ける。スコーピウスとアルバスは無理やり歩かされている。デルフィーが先に行くと、二人には言葉を交わすチャンスができる。

スコーピウス　アルバス、なんとかしないと。

アルバス　わかってるけど、何を？　あいつが僕たちの杖を折ってしまったし、縛られてるし、君を殺すって脅されてる。

スコーピウス　ヴォルデモートが戻ってくるのを止められるのなら、僕は死んでもいい。

アルバス　そうなのか？

スコーピウス　僕の死を長々悲しむ必要はないだろう。僕のあと、あいつはすぐに君も殺すだろう。

アルバス　（必死に）逆転時計（タイムターナー）の欠陥、5分間のルール。それが過ぎるように、できるだけのことをするんだ。

スコーピウス　その手はだめだろう。

生垣の一つが向きを変え、デルフィーはアルバスとスコーピウスをぐっと自分の後ろに引きよせる。二人は、絶望の迷路を絶望的にたどり続ける。

ルード・バグマン　さて現在の状況をお知らせしましょう！　同点一位――セドリック・ディゴリー君とハリー・ポッター君。二位――ビクトール・クラム君。そして三位は――サクレブルー（おやまあ）！　フラー・デラクール嬢。

突然、アルバスとスコーピウスが、迷路の後ろから飛び出してくる。二人とも駆け足だ。

アルバス　あいつ、どこに行った？

スコーピウス　かまうもんか。僕たちはどっちへ行く？

デルフィーが宙に舞い上がる。箒も使わずに飛んでいる。

デルフィー　あわれなやつらめ。

少年たちを地面に吹き飛ばす。

私から逃げられると思ったのか。

アルバス　（あ然として）君は――箒もなしで。

デルフィー　箒――あんなぶざまな無用の長物。3分経った。あと2分だ。おまえたちは言われたことをやれ。

スコーピウス　いやだ。やるもんか。

デルフィー　私と戦えると思うのか？

スコーピウス　いや、でも逆らえる。たとえ僕たちの命を投げ出してでも。

デルフィー　予言は成就しなければならない。我々がそうするのだ。
スコーピウス　予言は破ることができる。
デルフィー　若造、おまえは間違っている。予言は未来なのだ。
スコーピウス　もし予言が不可避なら、僕たちがそれに干渉しようとしているのはなぜだ？　おまえの考えと行動は矛盾している——この迷路の中で僕たちを引きまわしているのは、予言を実現させる必要があると、おまえが信じているからだ——その論理で、予言は破ることもできる——妨げることができる。
デルフィー　しゃべりすぎだぞ、小僧。クルーシオ！

スコーピウスは、痛みにもだえる。

アルバス　スコーピウス！
スコーピウス　君は試されたいって言ったね、アルバス——これがその試練だ。僕たちは試練に合格する。

アルバスは、とうとう自分がすべきことに気付き、スコーピウスを見てうなずく。

デルフィー　それならおまえたちは死ぬ。

アルバス　(力強く) そうだ。僕たちは死ぬ。おまえを阻止したことを知って、喜んで死ぬ。

デルフィーが、怒りに満ちて空に舞い上がる。

デルフィー　こんなことをしている時間はない。クルー――

謎の声　エクスペリアームス！

バン！　デルフィーが杖を奪われる。スコーピウスは驚いて目を見張る。

ブラキアビンド！　腕縛り！

デルフィーが縛り上げられる。スコーピウスとアルバスは一緒に振りむき、信じられない思いで、呪文の飛んできた方向を見つめる——十七歳くらいの若くハンサムな青年、セドリックがいる。

セドリック　近寄るな。
スコーピウス　でも、あなたは……
セドリック　セドリック・ディゴリーだ。叫び声が聞こえた。だから来た。名のれ、けだもの、戦え。

アルバスは驚き、ぱっとセドリックと向き合う。

アルバス　セドリック？
スコーピウス　あなたが僕たちを救ってくれた。
セドリック　おまえたちも課題の一部か？　障害物か？　言え。僕は、おまえたちも打ち負かさないといけないのか？

沈黙が流れる。

スコーピウス　ちがう。僕たちを解き放すだけです。それが課題です。

セドリックは、これが罠なのかどうか見極めようと考えるが、やがて杖を振る。

セドリック　エマンシパレ！　エマンシパレ！　解け！

二人の体が自由になる。

もう先に行ってもいいな？　迷路をやりとおしていいな？

二人はセドリックを見る――迷路をやりとおせばどうなるか、二人ともはっきり知っている。

アルバス　残念だけど、あなたは迷路をやりとおさないといけないんだ。

セドリック　では、そうするよ。

セドリックは、しっかりした足取りで離れていく。アルバスはその背中を目で追う——声をかけたくてたまらなくなるが、何を言えばいいのかわからない。

アルバス　セドリック——

セドリックが振りむく。

あなたのお父さんは、あなたをとても愛している。

セドリックは、ふいにそう言われて驚き、顔をしかめる。

セドリック　えっ？

背後で、デルフィーの体がもぞもぞと動きだし、地面を這いはじめる。

アルバス　あなたが、そのことを知っておくべきだと思って。
セドリック　（どう考えるべきかと迷いながら）オーケー、ン、ありがとう。

セドリックはアルバスの顔をもう一度見つめ、また歩きだす。その時、デルフィーがローブから逆転時計（タイムターナー）を取りだし、スコーピウスがそれに気付く。

スコーピウス　アルバス。
アルバス　いや、待ってくれ……
スコーピウス　逆転時計（タイムターナー）が回りはじめた……彼女が何しているか、見ろよ……置いてけぼりを食うわけにはいかない。

アルバスとスコーピウスは、逆転時計（タイムターナー）に少しでも触れようと、必死で手を伸ばす。

巨大な閃光が走る。何かが砕けるような音が響く。

時間が止まる。時は流れの向きを変え、少しためらい、そして巻き戻りはじめる。

はじめはゆっくりと……それから加速して。

アルバス　アルバス……
スコーピウス　僕たち何をしたんだ？
デルフィー　僕たち、逆転時計（タイムターナー）と一緒に来なければならなかったんだ。彼女を止めないといけないんだ。
私を止める？　どうやって止めるつもりだ？　もうたくさんだ。

デルフィーが逆転時計（タイムターナー）を砕き、時計は破裂して粉々になる。

セドリックを使って世界を暗くするというチャンスは、おまえたちが台無しにしてくれたようだ。しかし、スコーピウス、おまえが正しいかもしれないな——予言は回避できるかもしれないし、破れるかもしれない。まぎれもない事実は、おまえたちみたいなやっかいで無能力なやつらを使うのは、もうたくさんだということだ。大切な時間を、一秒でもおまえらのために無駄にはできない。別なことを試す時だ。

デルフィーが再び宙に舞い上がり、満足そうに高笑いしながらたちまち遠ざかっていく。

少年たちは後を追おうとするが、とうてい追いつけない。むこうは空を飛び、こちらは走っている。

アルバス　だめだ……だめだ……そんなことって……

スコーピウスは振り返り、逆転時計（タイムターナー）の破片をかき集めようとする。

スコーピウス　逆転時計（タイムターナー）が破壊された？
めちゃめちゃだ。僕たちはここから動けない。この時間から動けない。
僕たちがどの時間にいるにせよ。あいつが何を計画しているにせよ。

アルバスは、何が起こったのか知ろうとして、必死にあたりを見回す。

アルバス　ホグワーツは同じ姿みたいだ。

スコーピウス　そうだ。でも僕たちは、ここにいるところを見られてはいけない。見つかる前にここから離れよう。

アルバス　スコーピウス、彼女を止めなければ。

スコーピウス　わかってる――でもどうやって？

第三幕　第21場

聖オズワルド魔法老人ホーム　デルフィーの部屋

ハリー、ハーマイオニー、ロン、ドラコ、ジニーは、オーク材の化粧板が張られた簡素な部屋を見回している。

ハリー　エイモスに「錯乱の呪文」をかけたにちがいない。全員にかけたんだ。介護人になりすまし、彼の姪になりすました。

ハーマイオニー　魔法省に今問い合わせた――でも彼女の記録は何もない。彼女は影だ。

ドラコ　スペシアリスレベリオ！　化けの皮、剝がれよ！

全員が一斉にドラコを振り返る。

まあ、やってみる価値はあった。何をぼんやりしている？　何もわからないのだから、この部屋が何かを暴露してくれるのを期待するほかないではないか。

ジニー　どこかに何か隠していないかしら？　殺風景な部屋だわ。

ロン　板壁だ、板壁に何か隠してあるにちがいない。

ドラコ　もしくはベッドだ。

ドラコはベッドを、ジニーはランプを調べ、残りの者たちは板壁を調べはじめる。

ロン　（壁を叩きながら大声で）おまえは何を隠してる？　ここに何があるんだ？

ハーマイオニー　みんな、ちょっと手を止めて、考えてみましょう。何か――

ジニーは、石油ランプのガラスの筒を外す。

息を吐くような音に続き、人の声のようなシューッという音が聞こえてくる。

全員が声のするほうを振りむく。

ハリー　あれは何？

ハリー　あれは——私にはわからないということになっているのだけれど——蛇語だ。

ハーマイオニー　なんて言ってるの？

ハリー　どうして私が……？　ヴォルデモートが死んでからは、蛇語を理解することができなくなっているんだ。

ハーマイオニー　傷痕も痛まなかったわよね。

ハリーがハーマイオニーを見る。

ハリー　こう言ってる。「オーグリーよ、よく来た」。部屋に、開け、と言う必要があるのだと思う……

ドラコ　それなら、そうすればよい。

ハリーは目を閉じ、蛇語を話す。
部屋の様子が変わりはじめ、次第に暗く、陰鬱な雰囲気になっていく。壁の上に、たくさんの蛇がくねっている絵が浮かびあがってくる。
絵の上には、発光する文字で、予言が記されている。

ロン　これはなんだ？
　「よけい者がよけい者でなくなり、時間が逆戻りし、見えない子どもたちがその父親たちを殺すとき――闇の帝王が戻るであろう」。
ジニー　予言だわ。新しい予言。
ハーマイオニー　セドリック――セドリックはよけい者と呼ばれた。
ロン　時間が逆戻りするとき――彼女は逆転時計（タイムターナー）を持っているんだ、そうだろ？

全員が顔を曇らせる。

ハーマイオニー　きっとそうだわ。
ロン　でもどうしてスコーピウスとアルバスが必要なんだ？
ハリー　それは、私が父親だからだ——私は自分の子どもを見ていなかった。自分の子どもを理解していなかった。
ドラコ　彼女は何者だ？　この予言にそれほど執着してるとは？
ジニー　答えを見つけたと思うわ。

全員がジニーを振り返る。ジニーが上を指さす……みんなの顔がいっそう曇り、恐怖を浮かべる。
観客席の壁いっぱいに浮かびあがる文字——危険な恐ろしい言葉だ。

「私は闇をよみがえらせる。私の父を取り戻す」

ロン　まさか。彼女が……
ハーマイオニー　そんなことが、いったい——可能なの？
ドラコ　ヴォルデモートに娘がいた？

全員が文字を見上げたまま蒼白になっている。ジニーがハリーの手を握る。

ハリー　いや、いや、いや。まさか。それだけはありえない。

暗転。

幕間

第二部

第四幕

第四幕　第1場　魔法省　大会議室

各地から集まってきた魔法使いや魔女が、大会議室にひしめきあっている。これまでにないほどの数だ。どの顔にも、ありありと不安の色が見える。ハーマイオニーが急ごしらえのステージに上がる。静粛にさせようと手を上げると、一同はすぐに静かになる。ハーマイオニーが何らかの答えを出してくれるのを待ち構えている。ハーマイオニーは、あまりに簡単に静まったので驚く。自分の周囲を見回す。

ハーマイオニー　みなさん、ありがとう。かくも大勢の方々に、私にとって――二回目となる――臨時総会にお集まりいただき、感謝します。まずは私から話があります――最初にお願いしておきたいのは、質問は受けますし、多くのご質問があると思いますが――私の話のあとにしてください。ご存知の方も多いと思いますが、ホグワーツで死体が発見されました。

クレイグ・バウカーという子で、良い生徒でした。誰がそのようなことをしたのか、確たる情報はありませんが、昨日我々は、聖オズワルド老人ホームを捜査しました。その施設の一室で、二つのことが明らかになりました。一つは予言です……闇の復活を約束した予言です――二つ目は、天井に書かれた宣言です――闇の帝王には――ヴォルデモートには子どもがいたということです。

この報せで会議室中が騒然となる。

全貌は明らかになっていません。魔法省が、死喰い人と関連のある人たちを調査――聞き取り調査しているところです……しかし、これまで、子どもについても予言についても、なんの記録も見つかっていません。しかし、どちらもある程度信じられる情報です。子どもは魔法界から隠されていました。そして今彼女は――えー、彼女は今――

マクゴナガル校長　彼女？　女の子ですか？「あの人」には娘がいたのですか？

ハーマイオニー　そうです。娘です。
マクゴナガル校長　それで彼女は拘留されているのですか？
ハリー　先生、まだ質問はしないようにとお願いしました。
ハーマイオニー　かまいません、ハリー。いいえ、先生、ここからが面倒な話です。残念ながら、彼女を拘留する方法がまったくありません。実は、彼女が何をしても、止めることができません。我々の手の届かないところにいるのです。
マクゴナガル校長　探すことが――できないのですか？
ハーマイオニー　彼女は身を隠しました――時のかなたにです。そう信ずるに足る理由があります。
マクゴナガル校長　（激怒して）愚かで向こう見ずな行為にもほどがあります。よりによってあなたは、逆転時計（タイムターナー）をずっと保有していたのですか？
ハーマイオニー　先生、誓って言いますが――
マクゴナガル校長　恥を知りなさい、ハーマイオニー・グレンジャー！

ハーマイオニーは、怒りをぶつけられてたじろぐ。

ハリー　いいや、それは言い過ぎです。お怒りはごもっともですし、みなさん全員がお怒りでしょう。でもこれはハーマイオニーだけが悪いのではありません。その魔女がどうやって逆転時計（タイムターナー）を手に入れたのか、わからないのです。私の息子が彼女に渡したのかどうか。

ジニー　私たちの息子が彼女にあげたのか。それとも息子から奪ったのか。

ジニーがステージに上がり、ハリーのそばに立つ。

マクゴナガル校長　みなさんの団結は見事です。しかし見逃しの咎（とが）を見逃すことはできません。

ドラコ　ならばその見逃しの咎を、私も受けましょう。

ドラコがステージに歩いていき、ジニーの隣に立つ。まるで映画『スパルタカス』の、仲間のための自己犠牲の場面のようだ。息を飲む音があちこちから聞こえる。

ハーマイオニーとハリーは、何も悪いことをしてはいない。ただ、我々全員を守ろうとしただけだ。二人が有罪なら、私も同罪だ。

ハーマイオニーが団結した仲間を見る――胸を打たれている。ロンが決然とステージの仲間入りをする。

ロン　僕も一言言いたい――この件についてはよく知らなかったので、責任は取れない――それに、僕の子どもたちは、この件に関わりがないとほぼ確信している――しかし、この連中がここに並び立つのなら、**僕も立つ。**

ジニー　あの子たちがどこにいるのか、誰にもわかりません――一緒なのか別々なのかも。二人の息子たちは、彼女を阻止するために全力を尽くすはずだと信じています。でも……

ハーマイオニー　我々はまだあきらめてはいません。巨人のところにも行きましたし、トロールのところにも。あらゆるつてを求めています。闇祓（やみばら）いたちは飛び回り、探し回り、秘密を知る者たちと話し、秘密を明かさない者たちを追っています。

ハリー　しかし、一つだけ、逃れられない事実があります。過去のどこかの「時」にいる一人の魔女が、私たちの知る過去を何もかも書き換えようとしているのです——そして、我々は、待つほかない——彼女が成功するか失敗するかの瞬間を、待つしかないのです。

マクゴナガル校長　もし成功したら？

ハーマイオニー　その時は——一瞬のうちに——この部屋にいる人たちのほとんどは、いなくなるでしょう。私たちはもはや存在せず、ヴォルデモートが再び支配するのです。

第四幕　第2場

スコットランド・ハイランド　アビモー駅 1981年

アルバスとスコーピウスは、不安そうに駅長を見ている。

アルバス　僕たちのどっちかが、あの人に話しかけるべきだと思わないか？

スコーピウス　「駅長さん、こんにちは。マグルのおじさん、質問です。空飛ぶ魔女がここを通り過ぎませんでしたか？　ところで、今は西暦何年ですか？　僕たちはホグワーツを逃げ出したところです。混乱を引き起こすのが怖かったものですから」こんなこと、聞くのか？

アルバス　あのね、僕が一番心配してることが何かわかる？　父さんが、僕たちが意図的にこんなことをやったと思うんじゃないかということさ。

スコーピウス　アルバス、本気か？　え、**ほんとに**本気か？　僕たちは——時間に——捕まって——迷子になって——永久にこのままかもしれないんだ

アルバス　——なのに、君は父さんがどう思うかってことが心配なのか？　まったく、君と父さんのことは理解に苦しむ。

スコーピウス　そりゃ、なかなか理解できないよ。父さんはかなり複雑だから。それで君はそうじゃないって言うのか？　女性の趣味は問わないとしても、君は惹かれてた……えーと……

二人とも、誰の話か承知している。

アルバス　そうだった、うん、そうだよね？　でも彼女がクレイグにしたことは……

スコーピウス　それは考えないことにしようよ。現状だけを考えてみよう。まず僕たちには杖がない。箒もない。僕たちの時代に帰る手段もない。あるのは知恵と、それに——いいや、それっきりだ。知恵だけしかないんだ——しかも、彼女を阻止しなければならないんだぜ。

駅長　（強いスコットランド訛りで）おめだち、オールド・リーキー列車、遅れ

スコーピウス　でんの、知ってっか？

駅長　はあ？　おめさんだち、オールド・リーキー列車のごと待ってんだらば、遅れでんのわがってだほうがいいべ。この路線は工事中だ。掲示板に、あたらしい時間が書いであっと。

駅長が少年たちを見る。二人はさっぱりわからないという顔で駅長を見ている。駅長は眉を寄せ、修正された時刻表が書かれた紙を渡しながら、関係する部分を指さす。

遅れでる。

アルバスは時刻表を受け取ってよく調べる。膨大な情報が飲みこめると、顔色が変わる。スコーピウスはぽかんと駅長を見ている。

アルバス　彼女がどこにいるかわかった。

スコーピウス　あの言葉が理解できたのか？

アルバス　日付を見てよ。時刻表の。

スコーピウスが時刻表に顔を近づけて読む。

スコーピウス　1981年10月30日。ハロウィーンの前の日だ。39年前の。でも――どうして彼女が？　ああ。

スコーピウスが、思い当たって顔を曇らせる。

アルバス　僕のおじいさんたちが死んだ年。赤ん坊の父さんが襲われた日……ヴォルデモートの呪いが彼自身に跳ね返った瞬間。彼女は予言を実現しようとしているんじゃない――大きな事件を防ごうとしているんだ。

スコーピウス　大きな事件？

アルバス　「闇の帝王を打ち破る力を持った者が近づいている……」

スコーピウスが一緒に暗唱する。

スコーピウスとアルバス　「七つ目の月が死ぬとき、帝王に三度抗（あらが）った者たちに生まれる……」

暗唱しながら、スコーピウスの顔がどんどん暗くなる。

スコーピウス　僕のせいだ。彼女に、予言は破ることができるって言った――予言というものの論理自体が疑わしいと言った――

アルバス　あと24時間で、赤ん坊のハリー・ポッターを殺そうとしたヴォルデモートの呪いが、自分自身を呪う。デルフィーはその呪いをやめさせようとしている。ハリー・ポッターを、彼女が殺すつもりだ。ゴドリックの谷にいかなくちゃ。急げ。

第四幕　第3場　ゴドリックの谷　1981年

アルバスとスコーピウスは、ゴドリックの谷の中心を歩いている。こぢんまりした村は、にぎやかで美しい。

スコーピウス　うーん、僕の見るかぎり、襲われた様子はないな……

アルバス　ここがゴドリックの谷？

スコーピウス　君の父さんは一度も連れてきてくれなかったの？

アルバス　いや、何度かそうしようとしたけど、僕が断った。

スコーピウス　まあ、観光の時間はないな――殺人鬼の魔女から世界を救わなければ――でも、見て……教会だ。聖ジェローム教会……

指さした先に、教会が見えてくる。

アルバス　壮大だな。

スコーピウス　そして聖ジェローム墓地には、壮大に幽霊がいると言われている。（別の方向を指して）さらに、ハリーとその両親の像があっちにできるはず――

アルバス　父さんの銅像があるの？

スコーピウス　ああ、まだない。でもそうなる。そうなればいいけど。そしてこっちは――この家はバチルダ・バグショットの住んでいた――住んでいる家……

アルバス　あのバチルダ・バグショット？　『魔法史』を書いたバチルダ・バグショット？

スコーピウス　その本人だ。あっ、あの人、その人だ。ウワー。ヒーッ。ぞくぞくする。おたく心が震えてる。

アルバス　おいおい、スコーピウス！

スコーピウス　そしてここが――

アルバス　ジェームズとリリー、そしてハリー・ポッターの家……

若く魅力的な男女が、赤ん坊を乗せた乳母車を押しながら出てくる。アルバスは、二人のほうに歩いていこうとする。スコーピウスがそれを引き戻す。

スコーピウス　アルバス、あの人たちは君を見てはいけないんだ。「時」を乱してしまうかもしれないから。僕たちはそれはしない——今回こそしない。

アルバス　でも、ということは、デルフィーはまだ……僕たちは間に合った……デルフィーはまだ……

スコーピウス　それじゃ、これからどうする？　あいつと戦う準備をするか？　なにしろ、あいつは相当……手ごわいぞ。

アルバス　うん。僕たちまだ、どうするかを十分に考えてなかったな？　さあどうしよう？　どうやって僕の父さんを守ろうか？

第四幕　第4場　魔法省　ハリーのオフィス

ハリーが大急ぎで書類を調べている。

ダンブルドア　ハリー、こんばんは。

間。ハリーが見上げると、額の中に静かな表情のダンブルドアの肖像画が納まっている。

ハリー　ダンブルドア先生。私のオフィスにとは、光栄です。さしずめ私は今夜、事件の真っただ中にいるんでしょうね？

ダンブルドア　何をしておるのかね？

ハリー　書類に目を通しています。見逃してはいけないものを、何か見逃して

いないかどうか。戦う方法は限られていますが、その戦力を結集している
いるところです。我々からずっと離れたところで戦いが起こっている
のを知りながら。ほかに何ができるって言うんですか？

間。ダンブルドアは黙っている。

ハリー　ダンブルドア、今までどこにいたのですか？
ダンブルドア　今はここにおる。
ハリー　戦いに負けた今になって、ここに。それとも、ヴォルデモートが戻ってくることを否定なさるんですか？
ダンブルドア　戻る——可能性はある。
ハリー　もう行ってください。ここにいてほしくない。あなたなんか要らない。ほんとうに大切な時になると、あなたはいつもいなかった。私は、あなたなしで「あの人」と三度戦った。今度も対決してやる、必要とあらば——一人で。

ダンブルドア　ハリー、わしは君に代わって戦いたかった。そうじゃないと思うのかね？　できることなら、わしは君を関わらせたくなかった――。

ハリー　愛は目を曇らせる、ですか？　あなたにはその意味すらわかっていないのではないですか？　それがどんなに不適切な忠告だったか、あなたはわかっているのですか？　私の息子は――私の息子は、ちょうど私があなたのために戦ったように、私たちのために戦っているのです。そして、あなたが私に対してそうであったと同じく、私は息子に対して役たたずの父親なのです。愛を感じられないところにあの子を置き去りにして――息子は恨みを募らせてきた。それを理解するのに、息子は何年もかかるでしょう――

ダンブルドア　君がプリベット通りのことを言っているのなら――

ハリー　**何年も**――何年も。私はあそこで孤独だった。自分が何者なのかも、なぜあそこにいるのかもわからず、気にかけてくれる人がいるのかどうかも知らずに！

ダンブルドア　わしは――わしは君に愛着を持つまいとした――

ハリー　あの昔からずっと、あなたは自分自身を守っていた！

ダンブルドア　いや、わしは君を守っていた。君を傷つけたくなかった……

ダンブルドアは、絵の外に手を差しのべようとするが、できない。泣きはじめるが、悟られまいとする。

しかし、結局君に会わなければならなかった……11歳のとき。君はとても勇敢だった。とてもすばらしかった。足元に敷かれた道を、君は不平も言わずに歩いた。もちろんわしは君を愛していた……そしてまた同じことが繰り返されるのを知っていた……わしが愛すれば、とりかえしのつかないダメージを与えてしまう……わしには愛する資格がない……わしが愛すれば、必ず傷つけてしまう……

間。

ハリー　あの時に私にそう言ってくださっていたら、私はあれほど傷つかなかったでしょう。

ダンブルドア　（今では涙を隠そうともしない）わしの目は曇っていた。それが愛のなせるしわざじゃ。わしには見えなんだ。こんな心を閉ざした、狡猾（こうかつ）で危険な老人が……君を愛しているということを……君はそれを聞く必要があったのに、わしにはそれが見えなんだ……

間。二人とも感情に飲みこまれている。

ハリー　私が不平を言わなかったというのは、ほんとうではありません。

ダンブルドア　ハリー、このごたごたした感情的な世界には、完全な答えなどありはせぬ。完璧さというのは、人間には届かぬところにあり、魔法でも届かぬところにある。どんな輝かしい幸福な瞬間にも、あの一滴の毒がある――痛みが再びやってくることがわかっているという毒が。愛する者に正直であることじゃ。君の痛みを見せるのじゃ。苦しむことは、

ハリー　息をすることと同じく人間的なことじゃ。
ダンブルドア　あなたは以前にも、私に同じことをおっしゃった。
わしが今夜君に与えられるのは、これだけじゃ。

ダンブルドアが去りかける。

ハリー　行かないでください！
ダンブルドア　我々が愛する者は、決して完全にそばを離れはしない。死が触れることのできぬものがある。肖像画……記憶……そして愛じゃ。
ハリー　ダンブルドア、私もあなたを愛していました。
ダンブルドア　わかっておるよ。

ダンブルドアが姿を消す。ハリーは一人になる。ドラコが登場する。

ドラコ　別の世界のことだが――スコーピウスがのぞいた現実では――私が魔

法法執行部の部長だったようだが？　この部屋は、まもなく私の部屋になるかもしれない。大丈夫か？

ハリーは悲しみに打ちのめされている。

ハリー　入ってくれ――部屋を案内しよう。

ドラコがためらいがちに部屋に入ってくる。気に入らないというようにあたりを見回す。

ドラコ　しかしながら――私は魔法省の役人になりたいと思ったことはない。子どものときでさえ。父上は――それだけを願っていた――私は、ちがう。

ハリー　君は何をしたかったんだ？

ドラコ　クィディッチだ。しかし、私はさしてうまくなかった。私は主に、幸福になることを望んだ。

ハリーがうなずく。ドラコは、一瞬ハリーを見つめる。

すまん。私はどうも世間話が苦手だ。飛ばして、重要な本題に入って
もかまわないか?

ハリー　もちろんだ。どういう――重要な――本題かな?

間。

ドラコ　逆転時計(タイムターナー)を持っていたのは、セオドール・ノットだけだと思うか?

ハリー　えっ?

ドラコ　魔法省が押収した逆転時計(タイムターナー)は、試作品だった。安いメタルでできてい
る。もちろん役には立つ。しかし、過去にいられる時間は5分だけだ
――重大な欠陥だ――闇の魔術の真の収集家に売るようなものではな

い。

ハリーはドラコが言わんとしていることに気付く。

ハリー　ノットは、君のために仕事をしていたのか？

ドラコ　いや、私の父親だ。父は、誰も持っていないものを所有したがった。魔法省の持っていた複数の逆転時計(タイムターナー)は――クローカー教授のおかげだったが――父にとっては常にありきたりのものにすぎなかった。父が欲しかったのは、一時間以上過去に戻る能力だった。何年も過去に旅のできる能力だった。父は、使うつもりはなかっただろう。きっと内心、ヴォルデモートのいない世界のほうが望ましいと思っていたのだと思う。しかし、そのとおり、本物の逆転時計(タイムターナー)は父が自分のために作らせた。

ハリー　それで、君がそれを持っていたのか？

ドラコが逆転時計（タイムターナー）を差し出す。

ドラコ　5分間制限の問題はない。金のようにきらめいている。マルフォイ家の好みどおりだ。君は笑っているな。

ハリー　ハーマイオニー・グレンジャー。彼女が最初の逆転時計（タイムターナー）を保管していたのは、二つ目があるのではないかと恐れたからだった。これを持っていたことで、君はアズカバン行きになったかもしれないぞ。

ドラコ　別の可能性を考えてみろ――私がタイムトラベルできると世間が知ったらどうなるか。噂を考えてみろ。ますます――信憑性（しんぴょうせい）を持っただろう。

ハリーはドラコを見る。ドラコの言うことを完全に理解している。

ハリー　スコーピウスだな。

ドラコ　我々夫婦は子どもを持つことができた。しかし、アストリアは虚弱だった。血の呪いだ。しかも重い。先祖の一人に呪いがかけられていた……それが彼女に現れた。こういうものは、何世代もあとになって再び表面化することは知っているだろう……

ハリー　気の毒だった、ドラコ。

ドラコ　私は彼女の体を危険にさらしたくはなかった。マルフォイ家の血筋が絶えても、私は構わないと言った――父がなんと言おうと。しかしアストリアは――マルフォイ家の家名とか、純血とか、栄光のために子どもが欲しかったのではない。我々のために欲しかった。我々の子ども、スコーピウスが生まれた……我々夫婦にとって、人生最良の日だった。しかし、アストリアは目に見えて弱った。我々は身を隠した。三人で。私は、彼女の力を温存したかったのだ……それが噂を生んだ。

ハリー　どんなに大変だったことか、想像を絶する。

ドラコ　アストリアは、初めから、長くは生きられないと知っていた。自分がいなくなったあと、誰かが私のそばにいることを願った。なぜなら……ドラコ・マルフォイであることは、たとえようもなく孤独なのだ。私は常に疑われるだろう。過去からは逃れようもない。しかし、このゴシップ好きな、一方的に物事を決めつける世間から息子を隠したことで、あの子に、私が耐えてきた以上の悪い疑いがかかるようになろうとは、まったく気が付かなかった。

ハリー　愛は目を曇らせる。我々は二人とも、息子たちに必要なものを与えるのではなく、自分たちに必要なものを与えようとしてきた。自分たちの過去を書き換えるのに忙しくて、息子たちの現在をむしばんでしまった。

ドラコ　それが、この道具を必要とする理由だ。私は、これを使いたい気持ちをやっと押さえながら保管してきた。アストリアに一瞬でも会えるなら、魂を売り渡してもよいと思いながら……

ハリー　ああ、ドラコ……できない。我々にはこれを使うことができない。

ドラコがハリーの顔を見る。このとき——深い穴の底のような恐ろしい状況の中で——はじめて、二人は友人としてお互いを見る。

ドラコ　あの子たちを探さねばならない——何百年かかろうとも、息子たちを見つけなければならない……

ハリー　あの子たちがどこにいるのか、どの「時」にいるのか、わからない。「時」の中を探すのに、「時」のどこを探すのかわからなければ、むだ骨になる。だめだ。愛は役に立たないし、残念ながら逆転時計（タイムターナー）も役に立たない。今は、息子たち次第なのだ——我々を救えるのは、あの子たちだけだ。

第四幕　第5場

ゴドリックの谷　ジェームズとリリー・ポッターの家　1981年

アルバス　僕のおじいさんとおばあさんに、教える……?

スコーピウス　息子が育つのを見届けられないだろうって教えるのか?

アルバス　彼女は強い人だ——僕にはわかっている——あの人を見ただろう。

スコーピウス　すてきな人だね、アルバス。僕が君なら、あの人に教えたくてたまらないだろうな。でも、あの人は、ヴォルデモートにハリーの命乞いをしなければならないし、息子が死ぬかもしれないと思うことも必要なんだ。歴史の真実とはちがう世界になってしまったら、君は最悪のネタばらし屋になる……

アルバス　ダンブルドアだ。ダンブルドアはまだ生きている。あの人を巻きこもう。君がスネイプと一緒にやったことをやろう——

スコーピウス　君の父さんが生き残るって、ダンブルドアに知られてしまう危険を冒すのか？　ハリーには子どもがいるって？

アルバス　だってダンブルドアだもの！　何があっても対処できるよ！

スコーピウス　アルバス、ダンブルドアに関しては、何百冊も本がある。何を知っていたか、どうやって知ったか、なぜこれこれのことをしたかについて書かれている。でもまぎれもない真実は——彼が「した」ことを——実際に「する」必要があるんだ——僕はそれを混乱させるリスクは冒さない。スネイプに助けを求めたのは、僕が「別の」現実の中にいたからだ。今の僕たちはそうじゃない。ここは過去の世界だ。「時」をいじったらもっと多くの問題をつくりだすばかりだ。それはできない——僕たちが冒険から何かを学んだとすれば、そういうことだ。誰かに話をして——「時」に影響を与える——それは危険すぎることなんだ。

アルバス　それじゃ僕たちは——未来に教えてあげないといけない。父さんに伝言を送るんだ。

スコーピウス　でも僕たちには、タイムトラベルできるふくろうはいない。それに、

アルバス　君の父さんは逆転時計（タイムターナー）を持っていない。

父さんに伝言を送る。ここに来る方法は、父さんが見つけるよ。たとえ自分で逆転時計（タイムターナー）を作らなければならなくなっても。

スコーピウス　記憶を送ろう――伝言を送る。「憂（うれ）いの篩（ふるい）」みたいに――赤ん坊の後ろからのぞき込んで、伝言を送る。まさにそれを受け取るべきときに、彼がその記憶を思い出すように願う。まあ、うまくいかないかもしれないけどな。でも……赤ん坊の後ろからのぞいて――繰り返し叫ぶ。**たすけて、たすけて、たすけて。**まてよ、赤ん坊が少しトラウマになるかもしれないな。

アルバス　ああ、ほんの少しな。

スコーピウス　でも、この際、少しぐらいトラウマになったって、今起こりつつあることに比べればなんでもない……そして、もしかしたら、赤ん坊は――後になって考えて――僕たちの顔を思い出すかもしれないな――叫んでる顔を――

アルバス　助けてってな。

スコーピウスがアルバスの顔を見る。

スコーピウス　君の思ってるとおりだ。とんでもないアイデアだよ。

アルバス　君のアイデアの中でも最低の部類に入るな。

スコーピウス　わかった！　僕たちが届ける――40年待って――僕たちがそれを届ける――

アルバス　だめだね――デルフィーが思いどおりに「時」を操作してしまったら、そのあと大軍を送って僕たちを探そうとする――殺そうとする――

スコーピウス　それじゃ穴にでも隠れるか？

アルバス　これから40年間も、君と一緒に穴に隠れるのは、そりゃ楽しいだろうさ……でもやつらは僕たちを見つける。そして僕たちは死に、「時」は間違った位置に固定される。だめだ。何か僕たちのコントロールできるものが必要だ。父さんがドンピシャリの時に受け取ることがわかっているようなものだ。何かないか……

スコーピウス　なんにもない。でもね、永遠の闇の世界に戻るときに、一緒にいる相手を選ぶなら、僕は君を選ぶ。

アルバス　悪いけどさ、僕はだれか巨大なやつで、魔法のすごくうまいやつを選ぶな。

リリーが、乳母車に乗せた赤ん坊のハリーを連れて家から出てくる。リリーは、赤ん坊をやさしく毛布で包む。

赤ちゃんの毛布だ。あの女は、ハリーを赤ちゃん用の毛布で包んでいる。

スコーピウス　そりゃ、今日はちょっと冷えるからな。

アルバス　父さんがいつも言ってた――母親からもらったものはこれだけだって。ごらんよ。あの人が愛情をこめて赤ん坊に毛布を掛けている――父さんはこのことを知りたいだろうな――父さんに教えてあげたいな。

スコーピウス　僕も父さんに言いたいな――うーん、何を言いたいのかな。たぶんこう言いたい。僕はときどき、父さんが考えている僕より、もっと勇敢になれるって。

アルバスがあることを思いつく。

アルバス　スコーピウス――父さんは今でもあの毛布を持っている。
スコーピウス　だめだね。毛布に今書きこみをしたら、どんなに小さな文字でも、君の父さんが読む「時」が早すぎることになる。「時」が損なわれてしまう。
アルバス　「愛の妙薬」について何か知ってるか？　どういう材料でできているんだ？
スコーピウス　いろいろだけど、真珠の粉。
アルバス　真珠の粉は、比較的珍しい材料だろ？
スコーピウス　かなり高価だからね。アルバス、なんで聞くんだ？

アルバス　僕は父さんと、学期が始まる前の晩に口論した。
スコーピウス　それは僕も知ってる。ある意味ではそれが、このごたごたに僕たちが関わるきっかけになったはずだ。
アルバス　僕は毛布を投げ飛ばした。それが、ロンおじさんが冗談で僕にくれた「愛の妙薬」の瓶に当たった。薬がこぼれて、毛布一面に広がった。僕が部屋から出て以来、母さんは、父さんを部屋に入れなかったし、なんにも触らせなかった。たまたま僕は、その事実を知っているんだ。
スコーピウス　それで？
アルバス　それで、まもなく、父さんたちの時間帯でも僕たちの時間帯でもハロウィーンの夜がやってくる――父さんが僕に言ったけど、ハロウィーンの夜には必ずあの毛布を取りだすんだって、父さんが一緒にいたいものなんだって――父さんのママがくれた最後の品だから――だから父さんは毛布を探し、それを見つけると……
スコーピウス　いいや、まだわからないな。
アルバス　真珠の粉に反応する薬品はなんだ？

スコーピウス　えーと、デミガイズのチンク液と真珠の粉が合わさると……燃える、と言われている。
アルバス　それで、デミガイズのチンク液っていうのは、肉眼で見えるのか？
スコーピウス　いいや。
アルバス　それなら、毛布にデミガイズのチンク液で書きこめば、そしたら……
スコーピウス　（ぴんときて）「愛の妙薬」に触れるまでは、反応はおきない。君の部屋。現在だ。ダンブルドアさま、それ、いいよ。
アルバス　あとは探すだけだ。どこにあるかな……そのデミガイズは。
スコーピウス　あのね、噂では、バチルダ・バグショットが、魔法使いの家の戸に鍵をかけるのはむだだって思ってたらしい。

ドアが勢いよく開く。

噂どおりだ。さあ、杖を二、三本盗んで、魔法薬を作る時だ。

第四幕　第6場

ハリーとジニー・ポッターの家
アルバスの部屋

ハリーはアルバスのベッドに座っている。ジニーが入ってきて夫に気付く。

ジニー　誰もいないと思ったから、驚いたわ。

ハリー　心配しなくとも、なんにも触っちゃいない。君の御社（おやしろ）は保存されている。（顔をしかめて）すまない。言葉の選び方が悪かった。

ジニーは黙っている。ハリーは妻を見上げる。

ジニー　ねえ、私は何度か、かなり恐ろしいハロウィーンの夜を経験してきたけど――今夜は少なくとも――二番目に悪い。

ジニー　あなたを責めるなんて――私が悪かったわ――あなたが早合点するこ

とを、いつも責めてきたけど、今度は私が――アルバスがいなくなったとき、私はあなたのせいだと思ったの。そんなふうに考えて、ごめんなさい。

ハリー　私のせいじゃないと思うの？

ジニー　ハリー、あの子は強力な闇の魔女にさらわれたのよ。どうしてあなたのせいにできる？

ハリー　私があの子を追いやったんだ。彼女のところに追いやったんだ。

ジニー　もう戦いに敗れたような受け取り方はやめない？

ジニーはうなずく。ハリーは泣きはじめる。

ハリー　すまない、ジン――

ジニー　聞いてなかったの？　私のほうこそ、ごめんなさい。

ハリー　私は生き残るべきではなかった――死ぬ運命だったんだ――ダンブルドアでさえ、そう思った――それなのに私は生き残った。ヴォルデモートを破った。大勢の人が——大勢の人が——私の両親、フレッド、ホグワーツの戦いの「50人の犠牲者」——それなのに、私が生き残った？　なぜなんだ？　これほどの痛手は——全部私のせいだ。

ジニー　みんな、ヴォルデモートに殺されたのよ。

ハリー　でも、もっと早く私がやつを止めていたら？　私の手は血に染まっている。そして今度は、息子までも取られた——

ジニー　あの子は死んでいないわ。ハリー、聞いてる？　あの子は死んでいない。

ジニーはハリーを抱きしめる。絶望的な長い沈黙。

ハリー　「生き残った男の子」。その男の子が生き残るために、何人の人が死ななければならないというんだ？

ハリーは、途方に暮れて体を揺らす。ふと、毛布に目をとめ、そばに歩いていく。

この毛布だけが、たった一つの……あのハロウィーンの夜の。
両親を思い出すためのものは、これだけだ。そして——

ハリーが毛布を拾いあげると、穴が開いている。ハリーは穴を見つめて呆然とする。

毛布に穴が開いている。ロンのバカげた「愛の妙薬」が焼け焦げの穴を開けたんだ。見てくれ。台無しだ。台無しだ。

ハリーが毛布を放り投げる。ジニーがそれを拾ってよく見る。

ジニー　ハリー……
ハリー　なんだ?
ジニー　ハリー、ここに——何か——書かれているわ——

突然舞台の別の場所に、ハリーやジニーとは別の「時」に存在しているアルバスとスコーピウスが現れる。

アルバス　「父さん……」

スコーピウス　書き出しから「父さん」か？

アルバス　僕からだって、父さんにわかるように。

スコーピウス　名前はハリーだよ。書き出しは「ハリー」にすべきだ。

アルバス　（きっぱりと）書き出しは「父さん」にするんだ。

ハリー　「父さん」って、そう書いてあるのか？「父さん」って。そんなにはっきりしてない……

スコーピウス　「父さん、**たすけて**（ヘルプ）」

ジニー　「ハロー」？「ハロー」って書いてあるのかしら？　それから……

スコーピウス　「グッド」……

ハリー　「父さん、ハロー、グッド　ハロー」？　いや。これは……おかしな冗談だ。

アルバス　「父さん。たすけて。ゴドリックの谷」
ジニー　毛布を貸してちょうだい。あなたより、私のほうが目がいいわ。そう、「父さん　ハロー　グッド」――もう一度「ハロー」、じゃないわね――「ハロウィーンのハロー」か、それとも「ホロー」、谷の「ホロー」？　それから数字――こっちのほうがはっきりしているわ――「3……1……1……0……8……1」。これ、マグルの電話番号かしら？　それとも住所表示の符号とか、それとも……
ハリーは顔を上げる。様々な考えが一気に押しよせ、頭の中を猛烈な勢いで駆けめぐる。
ハリー　いや、それは日付だ。1981年10月31日。私の両親が殺された日だ。
ジニーは夫を見て、毛布に視線を戻す。

ジニー　これはハローじゃないわ。「ヘルプ」、「たすけて」よ。

ハリー　「父さん、たすけて（ヘルプ）。ゴドリックの谷。81年10月31日」これは伝言だ。賢い子だ。私に伝言を残した。

ハリーはジニーに思いきりキスをする。

ジニー　アルバスがこれを書いた?

ハリー　そして、どこにいるか、いつの「時」にいるのかを、私に教えた。これでもう、デルフィーの居場所もわかる。どこで彼女と戦えるかもわかる。

また、大きなキス。

ジニー　まだ子どもたちを取り戻していないわ。

ハリー　ハーマイオニーにふくろう便を送ろう。君はドラコに送ってくれ。ゴドリックの谷で、逆転時計（タイムターナー）を持って私たちと落ち合おうと書いてくれ。

ジニー　「私たちと」よ、オーケー？　ハリー、私なしでタイムトラベルするなんて、考えないで。

ハリー　もちろん君も来るんだ。ジニー、まだチャンスはある。ダンブルドアさま――私たちに必要なのは、ただ――チャンスだ。

第四幕　第7場　**ゴドリックの谷**

ロン、ハーマイオニー、ドラコ、ハリー、ジニーは、現在のゴドリックの谷を歩いている。活気のある田舎町だ（時を経て町が大きくなっている）。

ハーマイオニー　ゴドリックの谷。20年ぶりだわ……

ジニー　私の気のせいかしら、それともほんとうにマグルがたくさんいるのかしら？

ハーマイオニー　週末の行楽地として人気のある場所になったのよ。

ドラコ　なぜだかわかる気がする――かやぶき屋根だとか。それに、あれは、市がたっているのかな？

ハーマイオニーが、感動した様子であたりを眺めているハリーに近づく。

ハーマイオニー　覚えている？　最後にここに来たときのことを。昔に戻ったような気がするわ。

ロン　昔とちがって。歓迎されざるポニーテールのお方が何人か交じっているけどね。

ドラコはいつも、嫌味には敏感に気付く。

ドラコ　一言言うが……

ロン　マルフォイ、君は、ハリーとは仲良しこよしになったかもしれないし、比較的いい息子を持ったかもしれないけど、僕の妻に向かって、彼女に関する不当なことを言ったのは……

ハーマイオニー　あなたの妻は、あなたに代わりに戦っていただく必要はないわ。

ハーマイオニーがにらみつけ、ロンはその意味がわかって引き下がる。

ロン　よーし。でも彼女に関してとか、僕に関して、一言でも何か言ってみろ……

ドラコ　ウィーズリー、そうしたらどうする気だ？

ハーマイオニー　ロンはあなたを抱きしめるわ。だって、私たちはもう仲間ですもの。そうでしょう、ロン？

ロン　（妻が依然として厳しい目で見ているので、たじろぎながら）よし。僕は、ム、ドラコ、君の髪がなかなかいかしてると思う。

ハーマイオニー　ありがとう、あなた。さあ、この場所がいいと思うわ。始めましょう……

ドラコが逆転時計(タイムターナー)を取りだす――時計は勢いよく回りはじめ、全員がその周りに集まる。

巨大な閃光が走る。何かが砕けるような音が響く。

時間が止まる。時は流れの向きを変え、少しためらい、そして巻き戻りはじめる。

はじめはゆっくりと……それから加速していく。

一行は、あたりを見回す。

ロン　それで？　うまくいったのか？

第四幕　第8場　ゴドリックの谷　小屋　1981年

アルバスが顔を上げ、ジニーと、次にハリーを見て驚く。それからほかの親しい顔ぶれ（ロン、ドラコ、ハーマイオニー）を次々に見つける。

アルバス　**母さん？**

ハリー　アルバス・セブルス・ポッター。おまえに会えてどんなに嬉しいか。

アルバスは走り、ジニーの腕の中に飛びこむ。ジニーは喜んで息子を抱きとめる。

アルバス　僕たちの伝言を……？

ジニー　受け取ったわ、伝言を。

スコーピウスも父親に駆けよる。

ドラコ　抱きしめていい。そうしたいなら……

スコーピウスは父親を見て、一瞬ためらう。それから二人は、見るからにぎこちなく、中途半端にハグをしているような形になる。ドラコが微笑(ほほえ)む。

ロン　さあ、問題のデルフィーはどこだ？

スコーピウス　デルフィーのこと、知ってるの？

アルバス　デルフィーはここにいる——たぶん父さんを殺そうとしている。ヴォルデモートの呪いが彼自身に跳ね返る前に。デルフィーは父さんを殺して、予言を破ろうとしている。だから……

ハーマイオニー　そう。私たちもそうではないかと思ったわ。デルフィーが今どこにいるか、具体的にわかる？

スコーピウス　消えてしまった。みんなはどうやって——逆転時計(タイムターナー)なしで、どうやっ

ハリー　て……
（さえぎって）スコーピウス、話せば長いし、込み入っている。今はその時間がない。

ドラコは感謝をこめてハリーに向かって微笑む。

ハーマイオニー　ハリーの言うとおり。一刻もむだにできないわ。配置を決めなければ。さて、ゴドリックの谷は広いところではないけれど、デルフィーがどの方角から来るかわからない。だから、町が一望できるところに陣取らなければならない――多方面がはっきり見える場所――それに、大事なのは、私たちが姿を隠していられる場所であること。姿を見られるリスクを冒さないように。

全員が険しい顔で考えこむ。

聖ジェローム教会がすべての条件を満たすと思うけど、どう?

第四幕　第9場

ゴドリックの谷　教会　聖壇　1981年

アルバスは信者席のベンチで眠っている。ジニーは息子を注意深く見守っている。ハリーは反対側の窓から外を見ている。

ハリー　だめだ。何も起こらない。どうしてあいつはここに来ないんだ？

ジニー　私たちは一緒よ。あなたのお父さんもお母さんもまだ生きている。時を巻き戻すことはできるけど、ハリー、早めることはできないわ。デルフィーは、準備ができたときに現れるし、私たちはそのときに立ち向かう準備ができているわ。

ジニーは眠っているアルバスを見る。

ハリー　私たち全員がそうじゃないとしてもね。

ジニー　かわいそうに。世界を救わなければならないと思ったんだな。

ハリー　かわいそうな子が世界を救ったのよ。毛布のこと、天才的だったわ。むろんこの子は危うく世界を滅ぼしそうになったけど、それは強調しないほうがいいわね。

ジニー　この子は大丈夫かな？

ハリー　もうすぐよ。もう少し時間がかかるかもしれない――あなたももう少しかかるかも。

ハリーが微笑む。ジニーはアルバスに視線を戻し、ハリーも息子を見る。

ハリー　ねえ、私が秘密の部屋を開いたとき――ヴォルデモートがあの恐ろしい日記帳で私に魔法をかけて、私が何もかも台無しにしてしまいそうになったとき――

ハリー　覚えているよ。

ジニー　医務室から私が戻ったときに――誰もが私を無視して、締め出したけど――一人だけ、好ましいものをすべて備えた男の子が――グリフィンドールの談話室のむこうからやってきて、私に「爆発スナップゲーム」をしようと言ったの。みんなは、あなたについての知るべきことは全部知っていると思っているけれど、あなたの一番よいところは――あなたはいつもそうだったけれど、自分が英雄だなんて騒がないことなの。何が言いたいかというとね、これがすべて終わったときに、覚えておいてほしいの――人は――とくに子どもは、時として――一緒に「爆発スナップゲーム」をする相手が欲しいだけなの。

ハリー　私たちに欠けているのは――「爆発スナップゲーム」だって言いたいのか？

ジニー　いいえ、でも、あの日に私は、あなたの愛情を感じた――アルバスも同じように感じると思うの。

ハリー　あの子のためなら、私はなんでもする。

ジニー　ハリー、あなたは誰のためにも、なんでもする人よ。世界のために喜んで自分を犠牲にした人だわ。あの子は、あの子のためだけの愛情を感じたいの。そうすればあの子は強くなり、あなたも強くなるわ。

ハリー　あのね、ジニー、アルバスがいなくなるまで、私は、母が私のためにしてくれたことを、ほんとうの意味で理解していなかった。死の呪いを跳ね返すほどの強力な反対呪文のことだ。

ジニー　ヴォルデモートが理解できなかった唯一の呪文——愛。

ハリー　ジニー、私はこの子に、この子だけへの愛情を感じている。

ジニー　わかっているわ。でも、この子がそれを感じる必要があるの。

ハリー　君がいてくれて、僕はラッキーだ。そうだろ?

ジニー　とっても。でも、どんなにラッキーかについては、また別の機会に話したいわ。今は——デルフィーを阻止することに集中しましょう。

ハリー　時間がどんどん過ぎていく。

ジニーの頭にある考えが閃(ひらめ)く。

ジニー　もしかして――ハリー、誰か考えたかしら？――デルフィーはなぜ「今」を選んだのかって。なぜ今日を？

ハリー　何もかも変わったのが今日だからだ……

ジニー　あなたは今、一歳ちょっとだわね。そう？

ハリー　一歳と三か月だ。

ジニー　デルフィーがあなたを殺せる期間は、一年三か月もあったのに。今だって、デルフィーはこのゴドリックの谷に24時間もいるのに、何を待っているのかしら？

ハリー　何が言いたいのか、まだはっきり理解できないんだけど――

ジニー　彼女はあなたを待っているのではないわ――彼を待っているのよ……「あの人」を止める時を？

ハリー　えっ？

ジニー　デルフィーは今夜を選んだ。「あの人」が今夜ここに来るから――父親がここに来るから。彼女は父親に会いたい。彼と一緒にいたい。愛する父親と。ヴォルデモートの問題は、あなたを襲ったときに始まった。襲っていなかったら……

ハリー　彼はもっと強大になっていたかもしれない——闇はもっと暗くなっていただろう。

ジニー　予言を破る最善の方法は、ハリー・ポッターを殺さないこと。何もしないようにと、ヴォルデモートを止めることだわ。

第四幕 第10場 ゴドリックの谷 教会 1981年

集まった全員が混乱しきった顔をしている。

ロン　つまり、こういうことなのかな——僕たちは、ヴォルデモートを守るために戦うことになる？
アルバス　ヴォルデモートが僕のおじいさんたちを殺し、そして僕の父さんを殺すのをやめさせる？
ハーマイオニー　ジニー、そのとおりだわ。デルフィーはハリーを殺そうとしているんじゃない——ヴォルデモートがハリーを殺そうとするのを止めるんだわ。すごい。
ドラコ　では、我々は待つだけか？　ヴォルデモートが現れるまで？
アルバス　彼女は「あの人」がいつ現れるかを知っているのかな？　24時間前に

ここに来たのは、「あの人」がいつやってくるのかも、どこから来るのかも知らないからじゃないかな？　歴史の本は、スコーピウス、間違ってたら訂正してくれ――「あの人」が、どんなふうにゴドリックの谷に着いたかにはまったく触れていない？

スコーピウスとハーマイオニー　間違っていない。

ロン　おっどろきー！　歴史おたくが二人だ！

ドラコ　ではどうすれば、それを我がほうに有利に利用できるか？

アルバス　僕にも上手にできることがあるって、知ってる？

ハリー　アルバス、おまえには上手にできることがたくさんあるよ。

アルバス　ポリジュースだ。バチルダ・バグショットは地下にポリジュースの材料を全部持っているかもしれない。ポリジュースでヴォルデモートになり、彼女をおびき寄せる。

ロン　ポリジュースを使うには、変身する相手の一部が必要だ。僕たちはヴォルデモートの一部を持っていない。

ハーマイオニー　でもいいアイデアだわ。おとりのネズミになって猫を呼ぶ。

ハリー　変身術でどのくらい似せられるかな？
ハーマイオニー　私たち、「あの人」の姿を知っている。これだけの優秀な魔法使いと魔女がそろっていれば。
ジニー　ヴォルデモートに変身したいの？
アルバス　それしかない。
ハーマイオニー　そう、そのとおりよ。

ロンが勇敢にも前に出る。

ロン　それなら、僕がやる——僕が彼になるべきだと思う——もちろん、そりゃ——ヴォルデモートになるのはあんまりぞっとしないけど——でも、自慢じゃないけど——この中では僕が一番のんびりしている……「あの人」に変身しても——闇の帝王になっても、僕なら——みんなのように——激しい——人たちよりは、悪い影響を受けない。

ハリーが何か考えこむような顔で少し離れる。

ハーマイオニー　激しいって、誰のことを言ってるの？

ドラコ　私も名乗りでよう。ヴォルデモートになるには、正確さが必要だ……ロン、悪気はないが……それに、闇の魔術の知識、さらに——

ハーマイオニー　私も希望するわ。魔法大臣として、これは私の責任であり、権利だと思います。

スコーピウス　くじ引きにしたらどうかな——

ドラコ　スコーピウス、おまえは名乗りでるな。

アルバス　実は——

ジニー　だめ、絶対だめ。みんな、どうかしてるわ。あの声が頭の中でどんなふうに聞こえるか、私は知っているわ。あの声を、また頭の中で聞くのはいやよ——

ハリー　それに、いずれにしても——やるなら私しかない。

全員が一斉にハリーを振り返る。

ドラコ　なんだって？

ハリー　この計画がうまくいくためには、彼女に「あの人」だと思いこませなければならない。少しも疑わずに。彼女は「蛇語」を使うだろう――私に蛇語を話す能力がまだあるのは、何か理由があると思っていた。それだけじゃない。私は――ヴォルデモートのように感じるというのが――どういう感じかを知っている。彼自身になることの感覚を知っている。私しかやれない。

ロン　ばかばかしい。言い方は美しいが、美しいばかばかしさだ。君は絶対にそんなことを――

ハーマイオニー　残念ながら、親しいハリー、あなたの言うとおりだわ。

ロン　ハーマイオニー、君は間違っている。ハリーがヴォルデモートになるのはだめだ――ハリーはなるべきじゃない――

ジニー　兄に賛成するのはしゃくだけど、でも……

ロン　ハリーはそのままになってしまうかもしれない――ヴォルデモートに――永久に。

ハーマイオニー　あなたたちの懸念には一理あるけど、でも……

ハリー　ハーマイオニー、ちょっと待って。ジン。

ジニーとハリーが目を合わせる。

君がそうしてほしくないなら、私はしない。でも私には、これしか道はないという気がする。間違っているかな？

ジニーは少し考えてから、そっとうなずく。ハリーは表情を引き締める。

ジニー　あなたが正しいわ。

ハリー　それなら、やろう。

ドラコ　君がどの道を通ってくるかを話し合うべきだ――つまり――

ハリー　彼女は「あの人」を探している。彼女のほうからやってくる。

ドラコ　それからどうする？　彼女が君に出会ったら？　言うまでもないが、相手は強力な魔女だ。

ロン　簡単さ。ハリーが彼女をここに連れてくる。みんなで彼女をバッサリやる。

ドラコ　「バッサリ」やる？

ハーマイオニーが部屋を見回す。

ハーマイオニー　みんなでドアの陰に隠れましょう。ハリー、彼女をここに連れて来たら（指さした先の床は、教会のバラ窓を通して、明るく照らされている）私たちが飛び出して、彼女に逃げる機会を与えない。

ロン　（ちらっとドラコを見て）それから一緒に「**バッサリ**」やる。

ハーマイオニー　ハリー、やめるなら今が最後のチャンスよ。間違いなく、あなたにできるの？

ハリー　ああ、できる。

ドラコ　いや、あまりに詰めが甘い――失敗しそうなことが多すぎる――変身がうまくいかないかもしれない。彼女が見破るかもしれない――もしも今、彼女に逃げられたら、どんなに大きな被害をもたらすかわからない――適切な計画を立てる時間が必要で――

アルバス　ドラコ、僕の父さんを信じて。決して僕たちを失望させないよ。

ハリーは息子を見る――胸を打たれている。

ハーマイオニー　杖を。

それぞれが杖を出し、ハリーも杖を握る。

ハリーの立っている場所で、呪文の光がだんだん大きくなる――圧倒的な光。

変身は、ゆっくりと、息詰まる恐ろしさで進む。

そして、ハリーの姿が消え、ヴォルデモートの姿が現れる。身の毛もよだつ光景。

ハリーのヴォルデモートが振り返り、友人と家族を見回す。みんなも見つめ返す――
肝を潰している。

ロン　　なんてこった。
ハリー／ヴォルデモート　うまくいったということだな?
ジニー　（重々しく）ええ、うまくいったわ。

第四幕　第11場　ゴドリックの谷　教会　1981年

ロン、ハーマイオニー、ドラコ、スコーピウス、アルバスは、窓辺に立って外を見ている。ジニーは見ていられずに、離れたところに座っている。
アルバスが母親の様子に気付き、そばに歩いていく。

アルバス　大丈夫だよ。母さん、わかっているでしょう?

ジニー　わかっているわ。むしろ、そう願っていると言うべきかしら。でも——あんな姿のハリーは見たくない。愛する人が、憎む人の姿になっているのは。

アルバスは、母親の隣に座る。

アルバス　母さん、僕、彼女が好きだった。わかっているよね？　ほんとに好きだった。デルフィーが。なのに、彼女は――ヴォルデモートの娘だった？

ジニー　あの連中はね、アルバス、そういうことが上手なのよ――なんにも疑わない人たちを、罠にかけて捕えるのが。

アルバス　何もかも僕のせいだ。

ジニーがアルバスを抱きしめる。

ジニー　おかしいこと。あなたのお父さんは、何もかも自分のせいだって思っているみたい。あなたたち親子は不思議ね。

スコーピウス　彼女だ。あいつだ。「あの人」を見つけた。

ハーマイオニー　みんな、持ち場に付いて。いいわね、ハリーが彼女を光の中に連れ出すまでは、飛び出さないこと。チャンスは一度しかない。台無しにしたくない。

全員が急いで配置に付く。

ドラコ　ハーマイオニー・グレンジャー、私は、ハーマイオニー・グレンジャー指揮官にうるさく指図されている。（ハーマイオニーが振り返ると、ドラコが微笑んで）しかも、私はそれを少しばかり楽しんでいる。

スコーピウス　父さん……

全員がそれぞれの場所に付き、二か所の大きなドアの後ろに隠れる。ハリー／ヴォルデモートは再び教会に入り、数歩進んで後ろを振り返る。

ハリー／ヴォルデモート　俺様の跡をつけるのは魔女か、魔法使いか。どっちにしろ、後悔することになるぞ。

後ろにデルフィーが現れる。ヴォルデモートの姿に引き寄せられている。そこにいるのは自分の父親だ。デルフィーはこの瞬間を、これまでずっと待ち焦がれてきた。

デルフィー　ヴォルデモート卿。私です。あなたの跡をつけているのは。

ハリー／ヴォルデモート　俺様はおまえなど知らぬ。去れ。

デルフィーが深く息を吸う。

デルフィー　私はあなたの娘です。

ハリー／ヴォルデモート　おまえが娘なら、俺様はおまえを知っているはずだ。

デルフィーは、すがるようにハリー／ヴォルデモートを見る。

デルフィー　私は未来から来た者です。ベラトリックス・レストレンジとあなたの子どもです。「ホグワーツの戦い」の前に、マルフォイの館で生まれました。あなたが敗北することになる戦いです。私はあなたを助けに来ました。

ハリー／ヴォルデモートが振りむき、デルフィーはその目を見る。

ハリー／ヴォルデモート　ベラトリックスの忠実な夫のロドルファス・レストレンジがアズカバンから戻ってきたときに、私が何者かを教え、そして、予言を私に明かしました。彼はそれを成就するのが私の運命だと考えました。私は、あなた様の娘です。

ハリー／ヴォルデモート　ベラトリックスはよく知っている。おまえの顔には似たところがある――もっとも一番よいところは受け継がなかったな。しかし証拠がない……

デルフィーが一心に蛇語で話す。ハリー／ヴォルデモートは残忍に笑う。

ハリー／ヴォルデモート　それが証拠だと言うのか？

デルフィーが易々（やすやす）と宙に舞い上がる。ハリー／ヴォルデモートは、一歩あとずさる——驚いている。

デルフィー　私は闇の帝王に仕えるオーグリーです。あなた様に全身全霊でお仕えいたします。

ハリー／ヴォルデモート　（驚きを隠そうとしながら）おまえはその飛び方を——俺様から——学んだのか？

デルフィー　私はあなた様の敷かれた道をたどろうとしてきました。

ハリー／ヴォルデモート　俺様と肩を並べようとした魔法使いなど、これまで会ったことはない。

デルフィー　誤解なさらないでください——わが君、私はあなた様に並ぶ者だなどと申し上げるつもりはございません。しかし、私は、あなた様が誇りに思うような子になろうと、人生をかけてきました。

ハリー／ヴォルデモート　（さえぎって）おまえが何者かわかった。そして何者になりうるかもわかった。娘よ。

デルフィーが、感極まって父親を見る。

デルフィー　父上……？

ハリー／ヴォルデモート　ともに、我々が力を振えば。

デルフィー　父上……

ハリー／ヴォルデモート　ここに、光の中へ来るのだ。わが血の作りし者を確かめるために。

デルフィー　あなた様のなさろうとしていることは、間違いです。ハリー・ポッターを襲うのは間違いです。ハリーはあなた様を破滅させます。

ハリー／ヴォルデモートの手が元の手に戻りはじめる。ハリーは手を見て驚き、動揺して急いで袖の中に隠す。

ハリー／ヴォルデモート　彼は赤子にすぎぬ。

デルフィー　ハリーは母親の愛を受けています。あなた様の呪いは跳ね返り、あなた様を破滅させ、彼をあまりにも強くし、あなた様をあまりにも弱くしてしまいます。あなた様は回復なさいますが、それからの17年を彼との戦いに費やし――その戦いにあなた様は破れます。

ハリー／ヴォルデモートの頭から髪が生えはじめる。ハリーはそれを感じて隠そうとする。フードを引っぱり、頭にかぶる。

ハリー／ヴォルデモート　ならば彼を襲うまい。おまえの言うとおりだ。

デルフィー　父上？

ハリー／ヴォルデモートの体が縮みはじめる――いまではハリーの姿に近い。デルフィーに背を向ける。

父上？

ハリー／ヴォルデモート　（必死でヴォルデモートの声を真似ながら）おまえの計画はよい。襲うのはやめる。おまえは役に立ってくれた。さあ、ここへ、光の中へ。おまえをよく見るために。

デルフィーは、少し離れたところのドアが細く開き、またすぐ閉まるのに気付く。訝しげにドアを見て、急いで頭を働かせる。疑いが大きくなっていく。

デルフィー　父上……

デルフィーがもう一度ちらとでもヴォルデモートの顔を見ようとする。二人はダンスでもしているように絡み合う。

おまえはヴォルデモート卿ではない。

デルフィーは手から稲妻を放つ。ハリーが応戦する。

ハリー　インセンディオ！　燃えよ！
　　　　インセンディオ！

稲妻どうしがぶつかり合い、部屋の中央で見事な爆発が起こる。
デルフィーは、もう一方の手で、開こうとしている二つのドアに稲妻を放つ。

デルフィー　ポッターだな。コロポータス！　扉よ　くっつけ！

ハリーは、狼狽（ろうばい）してドアを見る。

ジニー　（舞台袖から）彼女がドアを両方とも外からふさいだわ。
デルフィー　どうした？　おまえの友だちが加勢してくれると思ったのか？
ハーマイオニー　（舞台袖から）ハリー……ハリー……

ハリー　いいだろう。私一人で君を始末する。

ハリーは再び攻撃にかかろうとするが、デルフィーのほうがずっと強い。ハリーの杖はデルフィーのほうに飛んでゆく。武器を奪われ、ハリーはなす術がない。

デルフィー　どうやって……？　おまえは何を？

ハリー　ハリー・ポッター、私は長いあいだおまえを観察してきた。おまえのことは私の父よりもよく知っている。

デルフィー　私の弱みを握ったと言うのか？

私は、あの方にふさわしい者になろうと、学んだ。そうだ。あの方は空前絶後の最高の魔法使いだが、私のことを誇りに思ってくださるだろう。エクスパルソ！　吹き飛べ！

床が背後で爆発し、ハリーは吹き飛ばされて転がる。必死で信者席のベンチの下にもぐりこみ、対抗する術を考えようとする。

私から這って逃げるのか？　ハリー・ポッターが。魔法界のヒーローが。ネズミのように逃げるとは。ウィンガーディアム　レヴィオーサ！　浮遊せよ！

信者席のベンチが宙に浮かび上がる。

わざわざ時間をかけて、おまえを殺す価値があるかどうか疑問だ。父上を止めれば、おまえは確実に滅びることがわかっている。さてどうするか？　ああ、もう飽きた。殺してやる。

デルフィーがベンチをハリーに向かって落下させる。ハリーは必死で転がって逃げ、ベンチは粉々になる。

アルバスが床の格子から現れるが、二人とも気付かない。

アルバス　アバダ――
ハリー　父さん……
　アルバス！　来るな！

　アルバスの投げてよこした杖をハリーが受け取るが、息子が危険を冒していること
に肝を潰している。

デルフィー　二人か？　さあ、どっちだ、どっちだ。さきに小僧を始末してやろう。
　アバダ　ケダブラ！

　デルフィーがアルバスに死の呪文を放つ――が、ハリーが息子を突き飛ばす。呪文
は床に激突する。ハリーも稲妻で反撃する。

　おまえは私より強いとでも思っているのか？
ハリー　いや、私一人なら、ちがう。

二人がお互いに苛烈(かれつ)な稲妻攻撃をかけあっているあいだに、アルバスはすばやく転がって離れ、一方のドアに呪文を放ち、続いてもう一方にも呪文を放って開く。

アルバス　アロホモーラ！

ハリー　しかし私たちなら、そのとおりだ。

アルバス　アロホモーラ！

ハリー　いいか、これまで私は一人で戦ったことはない。これからもない。

ハーマイオニー、ロン、ジニー、ドラコがドアのむこうから現れ、デルフィーに向かっていっせいに呪文を放つ。デルフィーは、激怒して叫び声をあげる。大激戦が展開する。デルフィーも全員には敵わない。

バン、バンという激しい音が何度も響く——とうとうデルフィーは圧倒され、打ちのめされて、床に崩れ落ちる。

デルフィー　ああ……ああ……

ハーマイオニー　ブラキアビンド！　腕縛り！

デルフィーが縛りあげられる。

ハリーがデルフィーに近づく。決して目を離そうとしない。ほかの者たちは後ろに下がる。

ハリー　アルバス、大丈夫か？

アルバス　うん、父さん、大丈夫だ。

ハリーはまだデルフィーから目を離さない。この魔女をまだ警戒している。

ハリー　ジニー、アルバスは怪我しなかったか？　アルバスが無事かどうか知りたい……

ジニー　この子がやるって言い張ったの。格子をくぐり抜けられるのは、体の

ハリー　小さいアルバスだけだったのよ。私は止めようとしたのだけど。
アルバス　無事だとだけ言ってくれ。
父さん、僕は無事だよ。ほんとうだ。

ハリーはデルフィーに詰めよっていく。

ハリー　私を傷つけようとした者は大勢いる——しかし息子とは！　よくも私の息子を傷つけようとしたな！
デルフィー　私は父親を知りたかっただけだ。

ハリーは予想外の言葉に驚く。

ハリー　人生を作り変えることはできない。おまえは一生、孤児だ。その事実はつきまとう。
デルフィー　父に会わせてくれ——

ハリー　できない。会わせない。

デルフィー　（ほんとうに憐れをさそう声で）それなら、殺せ。

　ハリーはしばし考える。

ハリー　それもできない……

アルバス　えっ？　父さん？　この魔女は危険だ。

ハリー　いや、アルバス……

アルバス　でも彼女は殺人者だ――殺すところを見た――

　ハリーは振り返り、息子を見て、それから妻を見る。

ハリー　そうだ、アルバス、この女は殺人者だ。しかし、私たちはちがう。

ハーマイオニー　私たちは、あいつらと同じであってはならない。

ロン　ああ、じれったいけど、それが僕たちの学んだことだ。

デルフィー　私の心を奪ってくれ。記憶を奪ってくれ。私が何者かを忘れさせてくれ。
ロン　いや、君をもとの「時」に連れ戻す。
ハーマイオニー　そして、アズカバンに送る。おまえの母親と同じように。
ドラコ　そこで朽ち果てるがいい。

ハリーはある音に気付く。シューシューという音だ。死を思わせる音が聞こえる――私たちがこれまで聞いたこともないような音が。
ハァァァリィー・ポッタァァァァー……

スコーピウス　あれはなんだ？
ハリー　だめだ、だめだ、まだ来ないでくれ。
アルバス　なんなの？
ロン　ヴォルデモートだ。
デルフィー　父さん？

ハーマイオニー　今？　ここに？

デルフィー　お父さん！

ドラコ　シレンシオ！　黙れ！（デルフィーは猿ぐつわをはめられたように黙る）

ウィンガーディアム　レヴィオーサ！（デルフィーの体が宙に浮き、飛ばされていく）

ハリー　やつが来る。たった今やってくる。

ヴォルデモートが舞台の奥から現れ、手前に進み、観客席を歩きはじめる。憎しみと恐怖があたりに広がっていく。彼の行くところには死がある。誰もがそれを知っている。

第四幕　第12場　ゴドリックの谷　1981年

ハリーはなす術（すべ）もなくヴォルデモートの後ろ姿を見ている。

ハリー　ヴォルデモートが私の父と母を殺す。なのに、私はやつを止めることができない。

ドラコ　そんなことはない。

スコーピウス　父さん、今はそのときじゃないんだ……

アルバス　何かできることはあるかもしれない――あいつを止めるなら。でも僕たちは何もしない。

ドラコ　雄々（おお）しいことだな。

ジニーがハリーの手を取る。

ジニー　見ている必要はないのよ、ハリー。家に帰りましょう。

ハリー　私は何もしないで見過ごすんだ……見ていなければならないとも。

ハーマイオニー　それなら、私たち全員が立ち合いましょう。

ロン　全員で見るんだ。

聞きなれない声がする……

ジェームズ　（舞台袖から）リリー、ハリーを連れて逃げろ！　やつだ！　行け！
逃げろ！　私がやつを食い止める……

爆破の音、そして笑い声。

近寄るな、わかったか——近寄るな。

ヴォルデモート　（舞台袖から）アバダ　ケダブラ！

緑の光が観客席いっぱいに閃き、ハリーが身をすくめる。
アルバスが父親の手を取る。ハリーはその手をしっかりと握る。息子の手が必要なのだ。

アルバス　あの人は、できるかぎりのことをした。

ジニーがハリーの隣で立ちあがり、ハリーのもう一方の手を握る。ハリーは二人の手に寄りかかるようにして、体を支えられている。

ハリー　母さんだ、窓のところに。母さんが見える。美しい人だ。

バーンという激しい音。ドアというドアが吹き飛ばされる音。

リリー　（舞台袖から）ハリーだけは、ハリーだけは、どうぞハリーだけは……

ヴォルデモート　（舞台袖から）どけ、バカな女め……さあ、どくんだ……

リリー　（舞台袖から）ハリーだけは。どうかお願い。私を、私をかわりに殺して……

ヴォルデモート　（舞台袖から）これが最後の警告だ——

リリー　（舞台袖から）ハリーだけは！　お願い……助けて……許して……この子だけは！　お願い——私はどうなっても。

ヴォルデモート　（舞台袖から）アバダ　ケダブラ！

稲光が舞台のハリーの体を突き抜けていくように見える。ハリーは床に倒れこむ。悲しみでめちゃめちゃになっている。

押し殺した悲鳴のような音が、全員の周りで、低く、高く続く。全員がただ見守っている。

さっきまでそこにあったものが、ゆっくりと消えていく。

舞台の様子が変わりはじめ、回転する。

ハリーも、彼の家族、友人たちも、舞台の回転とともに消えていく。

―

第四幕　第13場

ゴドリックの谷　ジェームズとリリー・ポッターの家　1981年

舞台には焼け落ちた家の残骸がある。残忍な攻撃にさらされた家だ。ハグリッドが現れて瓦礫(がれき)の中を歩いていく。

ハグリッド　ジェームズ？

あたりを見回す。

リリー？

ゆっくり歩いていき、現実を見てしまうのを先延ばししようとする。惨状に打ちのめされている。

そのとき、二人の姿が目に入り、足を止める。しばらくは言葉もない。

オウ、オウ。こんな——こんな——俺はまさか……そうは聞かされとったが、しかし——もうちっとましかと……

信じたくないという様子で二人を見るが、やがて頭を下げる。何かつぶやき、深いポケットからくしゃくしゃくしゃになった花をいくつか取りだして、床の上に置く。

すまねえが、そう言われてきたんで、あのお方に言われたんだ、ダンブルドアに、おまえさんたちのところに長居しちゃなんねえってな。ほれ、マグルたちがな、青い光がチカチカ出るもんに乗ってやってくる。俺みてえな、こんなでっかいデクノボウを見たら、いい気はせんだろうが、え？

小さくすすりあげる。

置いていくのは辛えが、わかってくれ——おまえさんたちのことは忘れねえ——俺も——みんなも。

そのとき、何かが聞こえる——赤ん坊がフンフン言う音だ。ハグリッドは音のするほうを振り返り、今度はさっきより勢いよく歩いていく。

ベビーベッドの前に立ち、中を見下ろす。ベッドは光を放っているように見える。

おうおう、ハロー。おまえさんがハリーにちげえねえ。ハロー、ハリー・ポッター。俺はルビウス・ハグリッドだ。そんでもって、俺はおまえさんの友だちになるぞ、いやでもおうでもな。なんせおまえさんは大変な目にあったんだ。まだわからんだろうがな。おまえさんには友だちが必要になる。さあ、もう一緒に行こう、ええな?

鮮やかな青い光が舞台を満たし、この世のものとは思えない輝きだ。ハグリッドはハリーをそっと抱き上げる。
それから――一度も振り返らず――大またで家の中を歩いていく。
舞台が柔らかに暗くなる。

第四幕　第14場　ホグワーツ　教室

スコーピウスとアルバスが、興奮した様子で教室に駆けこんでくる。部屋に入り、音を立ててドアを閉める。

スコーピウス　僕、まだ信じられないよ。僕、やったんだ。

アルバス　君がやったなんて、僕だってまだ信じられないよ。

スコーピウス　ローズ・グレンジャー-ウィーズリー。僕、ローズ・グレンジャー-ウィーズリーを誘った。

アルバス　それで彼女はノーと言った。

スコーピウス　でも誘ったんだ。どんぐりは植えられた。このどんぐりが育って、最後に結婚に至る。

アルバス　君って、まったくの夢想家だ。わかってるか？

スコーピウス　ああ、そのとおりだと思う――ただし、ポリー・チャップマンが学校のダンス・パーティに僕を誘った……

アルバス　別な世界でだぞ。そこでの君はかなり――いいか、かなりだぞ、人気があった――君を誘ったのはちがう女の子で――それがどういう意味かというと――

スコーピウス　そうだ、論理的に言うならば、僕はポリーを追うべきだ――または、彼女に僕を追わせる――なにしろ彼女はおそろしく美人だ――しかし、ローズはあくまでもローズだ。

アルバス　あのさ、論理的に言うと、君はあくまでも異常だ。ローズは君を嫌ってるんだぜ。

スコーピウス　訂正。彼女は僕を嫌っていた。でも、僕が誘ったとき、彼女の目に浮かんだものを見たか？　あれは憎しみじゃなかったな。哀れみだった。

アルバス　哀れみならいいのか？

スコーピウス　哀れみは第一歩なのだ、友よ、それが土台になって城が立つ――強烈な愛の城が。

アルバス　まじめな話、僕のほうが先にガールフレンドができるだろうと思った。
スコーピウス　ああ、間違いなくそうなるだろうな。あの新しい魔法薬の先生、アイシャドーの黒っぽい——彼女なら、年増（としま）で君にむいてるだろ？
アルバス　僕は、年上が好きなわけじゃない！
スコーピウス　それに、君には十分（じゅうぶん）時間がある——たくさんある——彼女を誘惑する時間がね。なぜなら、ローズを口説き落とすのには、何年もかかる。
アルバス　君の自信には感心するよ。

ローズが階段で二人のそばを通り過ぎながら、二人を見る。

ローズ　こんにちは。

二人とも、どう返事をすればいいのかわからない——ローズがスコーピウスを見る。

ローズ　おかしなことをそのままにしておくと、おかしなことになるわよ。

スコーピウス　おことば受け取りました。完全に了解です。

ローズ　オーケー、「サソリの王様」。

ローズが、笑みを浮かべて立ち去る。スコーピウスとアルバスは顔を見合わせる。アルバスがにやっと笑って、スコーピウスの腕をパンチする。

アルバス　君の言うとおりかもな——哀れみが第一歩。

スコーピウス　クィディッチを見に行くのか？　スリザリン対ハッフルパフだ——大試合だぞ——

アルバス　僕たちクィディッチが嫌いだったはずだけど。

スコーピウス　人は変わるものさ。それに、僕、練習してきたんだ。僕は今年チームに入るかもしれないな。行こうよ。

アルバス　行けない。父さんがここに来ることになってる——

スコーピウス　魔法省を休んでか？

アルバス　父さんは散歩に行きたいんだ――僕に見せたい――一緒に見たい――何かがあるって。
スコーピウス　散歩？
アルバス　わかってる。親子のきずなとか、それと同じぐらい吐き気のしそうな何かだと思う。でも、あのさ、僕、行く。

スコーピウスが手をのばし、アルバスをハグする。

スコーピウス　おい、なんのつもりだ？　僕たち、もうハグしないって決めたんじゃなかったか？
アルバス　ハグすべきかどうか確信がなかったんだ。僕の頭の中にあった、新品の僕たちの場合。
スコーピウス　ローズに聞けよ。そうするのが正しいかどうかって。
アルバス　ヘン！　ああ、そうするよ。

二人は体を離し、にやっと笑い合う。

アルバス　夕食のとき会おう。

第四幕　第15場　美しい丘

ハリーとアルバスは、丘をのぼっている。よく晴れた夏の昼間だ。何も言わず、日の光を気持ちよさそうに顔に浴びながら、のぼり続ける。

ハリー　それで、準備はいいのか？
アルバス　なんの？
ハリー　そうだな、4学年の期末試験――それから5年生――大変な学年だ――父さんが5年生のときは――

ハリーはアルバスを見て微笑（ほほえ）み、早口になって続ける。

いろんなことをやった。いいことも、悪いことも。わけのわからないことが多かった。

アルバス　聞いてよかったよ。

ハリーが笑顔になる。

ハリー　僕、あの人たちのことを見てたんだ——ほら——ちょっとだけだけど——父さんのパパとママを。二人は——楽しそうに父さんと遊んでた。父さんのパパは、父さんの前でタバコの煙で輪を作って見せるのが好きだった。それで父さんは……うん、父さんはキャッキャッって、笑いが止まらなかった。

アルバス　そうか?　父さんはあの二人が好きだったろうに。それに、僕も二人のことが好きになっただろうと思う。

ハリーがうなずく。ややぎこちない沈黙が流れる。

お互いに相手の心に寄り添おうとしているが、二人ともうまくいかない。

ハリー　いいかね、私はあいつを消し去ったと思った――ヴォルデモートをね――あいつは消えたと思った――ところが、傷痕がまた痛みだした。それにあいつの夢を見たし、また蛇語が話せるようになった。そして、私はまったく変わっていないないと感じはじめた――あいつは決して僕を解放してくれないと――

アルバス　それで、どうだったの？

ハリー　私の中のヴォルデモートだった部分は、だいぶ昔に死んだ。でも体からやつを追い出すだけでは十分(じゅうぶん)ではなかった――精神的にやつを追い出さなければならなかったんだ。それは――40歳にもなると、そうたやすくはできない。

アルバスを見る。

私がおまえに言ったあのことは——許せないことだった。おまえに忘れてくれとは言えないが、私たちがそれを乗り越えられるように願っている。アルバス、私はおまえにとって、もっと良い父親になるように努力する。そう努める。そして——おまえに対して正直であるように——努力する。そして……

ハリー　父さん、そんな必要は——

アルバス　おまえは、父さんには何も怖いものはないと思うと言ったね。ところが——つまり、私は怖いものだらけなんだ。つまり、暗闇が怖いって、知ってたかな？

ハリー　ハリー・ポッターが、暗闇が怖い？

アルバス　狭いところが嫌いだし——これは誰にも言ったことはないのだけれど、あまり好きじゃないものは——（ためらって続ける）鳩だ。

ハリー　父さんは鳩が好きじゃないの？

アルバス　（顔を思いきりしかめて）いやーな、つついたりほじっくったりする、汚いやつ。背筋がぞくっとなるんだ。

アルバス　でも鳩は無害だよ！

ハリー　わかっている。でも何が一番怖いかというと、アルバス・セブルス・ポッター、おまえの父親であることなんだ。なんの手がかりもなく進まなければならない。ふつうは基準となる自分の父親がいる——それを模範とするか、反面教師にするかだ。私には何もなかった——ほとんどなかった。だから、いいかね、私は学習中なんだ。いいね？　私は持てる力を全部注いで努力する——おまえにとって良い父親になれるように。

アルバス　僕も良い息子になれるように努力するよ。父さん、僕はジェームズじゃない。父さんやジェームズのようには絶対になれない——

ハリー　ジェームズは私に似てはいないよ。

アルバス　ちがうの？

ハリー　ジェームズはなんでも簡単にやってのける。私の子どものころは、いつもじたばたしていた。

アルバス　僕もなんだ。それじゃ、父さんは——僕が——父さんに似ているって？

ハリーはアルバスに微笑みかける。

ハリー　実は、おまえは母さんのほうにもっと似ている――大胆で、激しくて、ひょうきんだ――そういうところが好きなんだ――そういうところが、おまえをとてもすばらしい息子にしていると思う。

アルバス　僕は世界を破壊しかけた。

ハリー　デルフィーはね、アルバス、どうせもともと存在していたんだ――おまえが彼女を明るみに引き出し、おまえが、我々の戦う方法を見つけ出したんだ。今はわからないかもしれないが、おまえは私たちを救ったんだよ。

アルバス　でも、僕はもっとうまくやるべきだったんじゃないかな？

ハリー　私も自分自身にそう問いかけているのを、知らないのかい？

アルバス　（父親ならそんなことはしないとわかっているので、重たい胃がいっそう重くなるような気がしながら）それに――彼女を捕えたとき――僕は彼女を殺したかった。

ハリー　おまえは彼女がクレイグを殺すのを見た。だから、アルバス、おまえは怒っていた。それはかまわない。でも、おまえは殺さなかっただろう。

アルバス　そんなこと、わかるもんか。そこが僕のスリザリンらしさかもしれないのに。組分け帽子は僕の頭の中に、それを見たかもしれないのに。

ハリー　アルバス、私にはおまえの頭の中はわからない――ほら、おまえはティーンエージャーだしね。おまえの考えていることがわかるはずがない。でもおまえの心はわかる。長いあいだ――わからなかったけれど――おまえが「脱走」したおかげで――おまえの心がわかった。スリザリン、グリフィンドール、おまえにどんなレッテルが張られようと――私にはわかる――おまえの心が善良だと――うん、おまえが望もうと望むまいと、おまえは、ひとかどの魔法使いになりつつある。

アルバス　僕は魔法使いにはならない。伝書鳩レースをやるよ。わくわくしちゃう。

ハリーがにやっと笑う。

ハリー　おまえの名前だが——重荷に感じる必要はない。アルバス・ダンブルドアも、いいかね、試練を受けた——セブルス・スネイプは、まあ、おまえはこの人のことを何もかも知っているだろう——

アルバス　二人ともいい人だった。

ハリー　二人は偉大な人だったし、欠点も大きかった。そして、いいかな——欠点がこの二人を偉大にしたとさえいえる。

アルバスはあたりを見回す。

アルバス　父さん、どうしてここに来たの？

ハリー　私はよくここに来る。

アルバス　でもここは、墓地だ……

ハリー　そして、これがセドリックの墓だ……

アルバス　父さん？

ハリー　殺された男の子――クレイグ・バウカー――彼のことを、おまえはどのくらい知っていたのかね？

アルバス　それほどよく知らなかった。

ハリー　私もセドリックのことをよくは知らなかった。英国代表のクィディッチ選手になっていたかもしれない。すばらしい闇祓(やみばら)いになったかもしれない。なんにでもなれただろう。エイモスの言うとおりだ――セドリックは奪われた。だから私はここに来る。すまないと言うためだけに。できるかぎり来る。

アルバス　それは――いいことだね。

　アルバスも、父親と一緒にセドリックの墓の前に立つ。ハリーは息子に微笑み、空を見上げる。

ハリー　今日はいい日になりそうだ。

息子の肩に触れる。二人は——ほんのわずかではあっても——心を通わせる。

アルバス　（笑顔で）僕もそう思う。

——幕

『ハリー・ポッターと呪いの子』第一部・第二部は、ソニア・フリードマン・プロダクション、コリン・カレンダー、ハリー・ポッター・シアトリカル・プロダクションの製作。2016年7月30日、ロンドンのパレス・シアターで初演された。配役は以下の通り。

（初演のロンドンでの配役・俳優名のアルファベット順）

クレイグ・バウカーJR……ジェレミー・アング・ジョーンズ
嘆きのマートル、リリー・ポッターSR（ハリーの母）……アナベル・ボールドウィン
バーノンおじさん、セブルス・スネイプ、ヴォルデモート卿……ポール・ベントル
スコーピウス・マルフォイ……アントニー・ボイル
アルバス・ポッター……サム・クレメット
ハーマイオニー・グレンジャー……ノーマ・ドゥメジェニー
ポリー・チャップマン……クローディア・グラント
ハグリッド、組分け帽子……クリス・ジャーマン
ヤン・フレドリックス……ジェームズ・ル・ラシュール
ペチュニアおばさん、マダム・フーチ、ドローレス・アンブリッジ……ヘレナ・リンベリー
エイモス・ディゴリー、アルバス・ダンブルドア……バリー・マッカーシー
車内販売魔女、マクゴナガル校長……サンディー・マクデイド
駅長……アダム・マクナマーラ
ジニー・ポッター……ポピー・ミラー
セドリック・ディゴリー、ジェームズ・ポッターJR（ハリーの長男）、ジェームズ・ポッターSR（ハリーの父）……トム・ミリガン
ダドリー・ダーズリー、カール・ジェンキンズ、ビクトール・クラム……ジャック・ノース
ハリー・ポッター……ジェイミー・パーカー

ドラコ・マルフォイ……アレックス・プライス
ベイン……ヌーノ・シルヴァ
ローズ・グレンジャー‐ウィーズリー、学生時代のハーマイオニー……シェレル・スキート
デルフィー・ディゴリー……エスター・スミス
ロン・ウィーズリー……ポール・ソーンリー
子ども時代のハリー・ポッター……ディ・グッドマン、アルフレッド・ジョーンズ、ビーリー・キオッフ、ユアン・ラザーフォド、ナサニエル・スミス、ディラン・スタンデン
リリー・ポッターＪＲ（ハリーの娘）……ゾエ・ブラフ、クリスティナ・フレイ、クリスティアナ・ハッチングズ

その他の登場人物の俳優名

ニコラ・アレクシス、ジェレミー・アング・ジョーンズ、ローズマリー・アナベラ、アナベル・ボールドウィン、ジャック・ベネット、ポール・ベントル、モラグ・クロス、クローディア・グラント、ジェームズ・ハワード、ロウリ・ジェームズ、クリス・ジャーマン、マーティン・ジョーンストン、ジェームズ・ル・ラシュール、ヘレナ・リンベリー、バリー・マッカーシー、アンドルー・マクドナルド、アダム・マクナマーラ、トム・ミリガン、ジャック・ノース、スチュアート・ラムゼイ、ヌーノ・シルヴァ、シェレル・スキート

ダンス

ヘレン・アルコ、モラグ・クロス、チポ・クレイヤ、トム・マックリー、ジョシュア・ワイアット

ヌーノ・シルヴァ……振付リーダー
ジャック・ノース……振付リーダー助手
モラグ・クロス……発声指導

クリエイティブ・プロダクションチーム

原作……J・K・ローリング、ジョン・ティファニー、ジャック・ソーン
脚本……ジャック・ソーン
演出……ジョン・ティファニー
振付……スティーヴン・ホゲット
舞台美術……クリスティン・ジョーンズ
衣装……カトリーナ・リンゼイ
作曲・編曲……イモジェン・ヒープ
照明……ニール・オースティン
音響……ガレス・フライ
イリュージョン・魔法……ジェイミー・ハリソン
音楽監修・編曲……マーティン・ロー
キャスティング……ジュリア・ホラン（CDG）
プロダクション・マネージャー……ガリー・ビーストン
プロダクション・ステージ・マネージャー……サム・ハンター
演出助手……デズ・ケネディー
振付助手……ニール・ベトルズ
舞台美術助手……ブレット・J・バナキス

音響助手……ピート・マルキン
イリュージョン・魔法助手……クリス・フィッシャー
キャスティング助手……ロッテ・ハインズ
照明助手……アダム・キング
衣装責任者……サビーヌ・ルメットル
ヘア、ウィッグ、メーキャップ……キャロル・ハンコック
小道具責任者……リサ・バックリー、メアリー・ハリデー
音楽編集者……フィジ・アダムス
音楽制作……イモジェン・ヒープ
特殊効果……ジェレミー・チャーニック
動画デザイン……フィン・ロス、アッシュ・ウッドワード
方言指導……ダニエル・ライデン
発声指導……リチャード・ライダー
カンパニー・ステージ・マネージャー……リチャード・クレイトン
ステージ・マネージャー……ジョーダン・ノーブル・デービス
デピュティ・ステージ・マネージャー……ジェニファー・テイト
アシスタント・ステージ・マネージャー……オリバー・バグウェル・ピュアフォイ、トム・ギルディング、サリー・インチ、ベン・シェフット

衣装管理チーフ……エイミー・ギロット
衣装管理部……ローラ・ワトキンズ
衣装助手……ケイト・アンダーソン、
リアン・ハイヤード
衣装進行……ジョージ・アミエル、メリッサ・
クック、ロージー・エセルリッジ、
ジョン・オベンデン、エミリー・
スウィフト
ヘア、ウィッグ、メーキャップ責任者
……ニナ・ヴァン・ホーテン
ヘア、ウィッグ、メーキャップ責任者代理
……アリス・タウンズ
ヘア、ウィッグ、メーキャップ補助
……ジェイコブ・フェッシー、
キャシー・マーフィー、
ジョアンナ・シム
音響責任者……クリス・リード
音響責任者代理……ロウィーナ・エドワーズ
音響No.3……ローラ・ヘッド
音響No.4……ベタニー・ウッドフォード
特殊効果操作……カラム・ドナルドソン
舞台装置責任者……ジョシュ・ピーターズ
舞台装置責任者代理……ジェイミー・ローレンス

舞台装置No.3……ジェイミー・ロブソン
電気技術者……デヴィッド・トリーナー
飛行技術……ポール・ガーニー
児童保護監視員……デヴィッド・ラッセル、
エレノア・ダウリング
製作統括……ソニア・フリードマン・プロダク
ション(SFP)
エグゼクティブ・ディレクター
……ダイアン・ベンジャミン
エグゼクティブ・プロデューサー
……パム・スキナー
アソシエイト・プロデューサー
……フィオナ・スチュワート、
ベン・カニング
統括補佐……マックス・ビトルストン
プロダクション補佐……イモジェン・クレア・ウッド
マーケティング責任者……メグ・マッセイ
セールス・収益責任者……マーク・ペイン
制作副責任者(進行)……ルーシー・ロヴァット
台本アソシエイト……ジャック・ブラッドリー
招待客席補助……トビアス・ジョーンズ

原作チームの略歴

J.K.ローリング／原作

一時代を築いた不朽の名作「ハリー・ポッター」シリーズ、またロバート・ガルブレイス名義で執筆された「私立探偵コーモラン・ストライク」シリーズの著者。「ハリー・ポッター」シリーズ全7作は、8本の大ヒット映画となり、書籍は6億部以上を売り上げ、85以上の言語に翻訳された。また、本シリーズと並行して、ローリングはチャリティのために3冊の短い副読本を執筆。その1冊である『幻の動物とその生息地』に着想を得て製作されたのが、映画「ファンタスティック・ビースト」シリーズ。魔法動物学者ニュート・スキャマンダーを主役にしたその映画シリーズは、2016年に1作目『ファンタスティック・ビーストと魔法使いの旅』が公開され、3作目となる最新作『ファンタスティック・ビーストとダンブルドアの秘密』が2022年に公開された。大人になったハリーの物語は舞台へと続き、ローリングは脚本家のジャック・ソーン、演出家のジョン・ティファニーとともに『ハリー・ポッターと呪いの子』を制作。2016年にロンドンのウエスト・エンドで初演を迎えたのち、現在は世界中のさまざまな場所で公演されている。2020年にはふたたび児童書の世界にもどり、コロナ禍で外に出られない子どもたちのために、おとぎ話『イッカボッグ』をオンラインで無料公開したのちに出版、その印税を新型コロナウイルス感染症のパンデミックによる社会的影響の軽減に尽力している慈善団体を支援するために、慈善信託〈ボラント〉に寄付している。2021年には児童書の最新作『クリスマス・ピッグ』を出版。近著に「コーモラン・ストライク」シリーズの最新作『The Ink Black Heart』(2022年刊行、未邦訳)がある。

ジョン・ティファニー John Tiffany ／原作、演出

演出を手掛けた『ONCE ダブリンの街角で』は、英国ウエスト・エンドと米国ブロードウェイの双方で複数の賞を受賞。ロイヤル・コート劇場の副芸術監督として、『ロード』『アッホ夫婦』『ホープ』『ザ・パス』を演出。ナショナル・シアター・オブ・スコットランド（以下NTSと表記）が制作し、演出を手掛けた『ぼくのエリ 200歳の少女』は、ロンドンのロイヤル・コート劇場およびウエスト・エンド、NYのウエスト・アンズ・ウエアハウスでも上演。NTS制作の舞台演出としては他に、『マクベス』（ブロードウェイでも上演）、『エンクワイアラー』『ザ・ミッシング』『ピーター・パン』『ベルナルダ・アルバの家』『トランスフォーム　ケイスネス：ハンター』『ビー・ニア・ミー』『ノーバディ・ウィル・フォーギヴ・アス』『バッコスの信女たち』『ブラック・ウォッチ』（ローレンス・オリヴィエ賞と批評家協会ベスト演出家賞を受賞）、『エリザベス・ゴードン・クイン』『ホーム:グラスゴー』。近年の演出作品には、『ガラスの動物園』（アメリカン・レパートリー・シアター制作により上演した後、ブロードウェイ、エジンバラ国際フェスティバル、ウエスト・エンドでも上演）、『ジ・アンバサダー』（ブルックリン・アカデミー・オブ・ミュージック）がある。2005年から2012年までNTSの副芸術監督を務め、2010年度から2012年度まではハーバード大学ラドクリフ研究所で特別研究員を務めた。原案と演出を担当した『ハリー・ポッターと呪いの子』では、ローレンス・オリヴィエ賞のベスト演出家賞を受賞したが、この舞台はオリヴィエ賞の9部門で最優秀を獲得するという新記録を達成した。

ジャック・ソーン Jack Thorne ／原作、脚本

舞台、映画、テレビ、ラジオの脚本によりトニー賞、ローレンス・オリヴィエ賞、英国映画アカデミー賞（以下BAFTAと表記）を受賞。舞台脚本に、ジョン・ティファニー演出の『ホープ』『ぼくのエリ 200歳の少女』をはじめとして、『ヴォイチェック』（オールド・ヴィック劇場）、『ジャンクヤード』（ヘッドロング、ローズ・シアター・キングストン、ブリストル・オールド・ヴィック、シアター・クルーイドの共同制作）、『ソリッド・ライフ・オブ・シュガーウォーター』（グレイアイ・シアター・カンパニーの制作によるツアー公演の後、ナショナル・シアターで上演）、『バニー』（エジンバラ・フリンジ・フェスティバルで上演）、『ステイシー』（トラファルガー・スタジオ）、『1997年5月2日』『When You Cure Me』（ブッシュ・シアター）がある。翻案戯曲に、『物理学者たち』（ドンマー・ウェアハウス）、『崩壊ホームレス　ある崖っぷちの人生』（ハイタイド・シアター・カンパニー）など。映画の脚本に、『ウォー・ブック』『幸せになるための5秒間』『スカウティング・ブック・フォー・ボーイズ』など。テレビ番組の脚本に、『ナショナル・トレジャー』『ラスト・パンサーズ』『ドント・テイク・マイ・ベイビー』『ディス・イズ・イングランド』シリーズ、『フェーズ』『グルー』『キャスト・オフ』など。2017年にBAFTAとロイヤル・テレビジョン協会のベスト・ミニ・シリーズ賞を受賞（『ナショナル・トレジャー』）。2016年にBAFTAのベスト・ミニ・シリーズ賞（『ディス・イズ・イングランド '90』）とベスト単発ドラマ賞（『ドント・テイク・マイ・ベイビー』）を、2012年にはBAFTAのベスト・ドラマ・シリーズ賞（『フェーズ』）とベスト・ミニ・シリーズ賞（『ディス・イズ・イングランド '88』）を受賞。

謝辞

『呪いの子』ワークショップに参加してくれた俳優の皆様に感謝の意を表します。
メル・ケニヨン、レイチェル・テイラー、アレグザンドリア・ホートン、
イモジェン・クレア＝ウッド、フローレンス・リース、ジェニファー・テイト、
デヴィッド・ノック、レイチェル・メイスン、コリン、ニール、
ソニアＳＦＰの皆様とザ・ブレア・パートナーシップの皆様、
ＪＫＲ ＰＲのレベッカ・ソルト、パレス・シアターのニカ・バーンズとスタッフの皆様。
そしてもちろん、すべての台詞に命を与えた素晴らしいキャストの皆様。

ハリー・ポッター
家系図

ポッター家は、12 世紀まで遡(さかのぼ)る魔法界の
旧い家柄(いえがら)。その後、家族は拡大し、
魔法使いとマグルの多くの家系につながった。
ペベレル家、ウィーズリー家、ダーズリー家など。

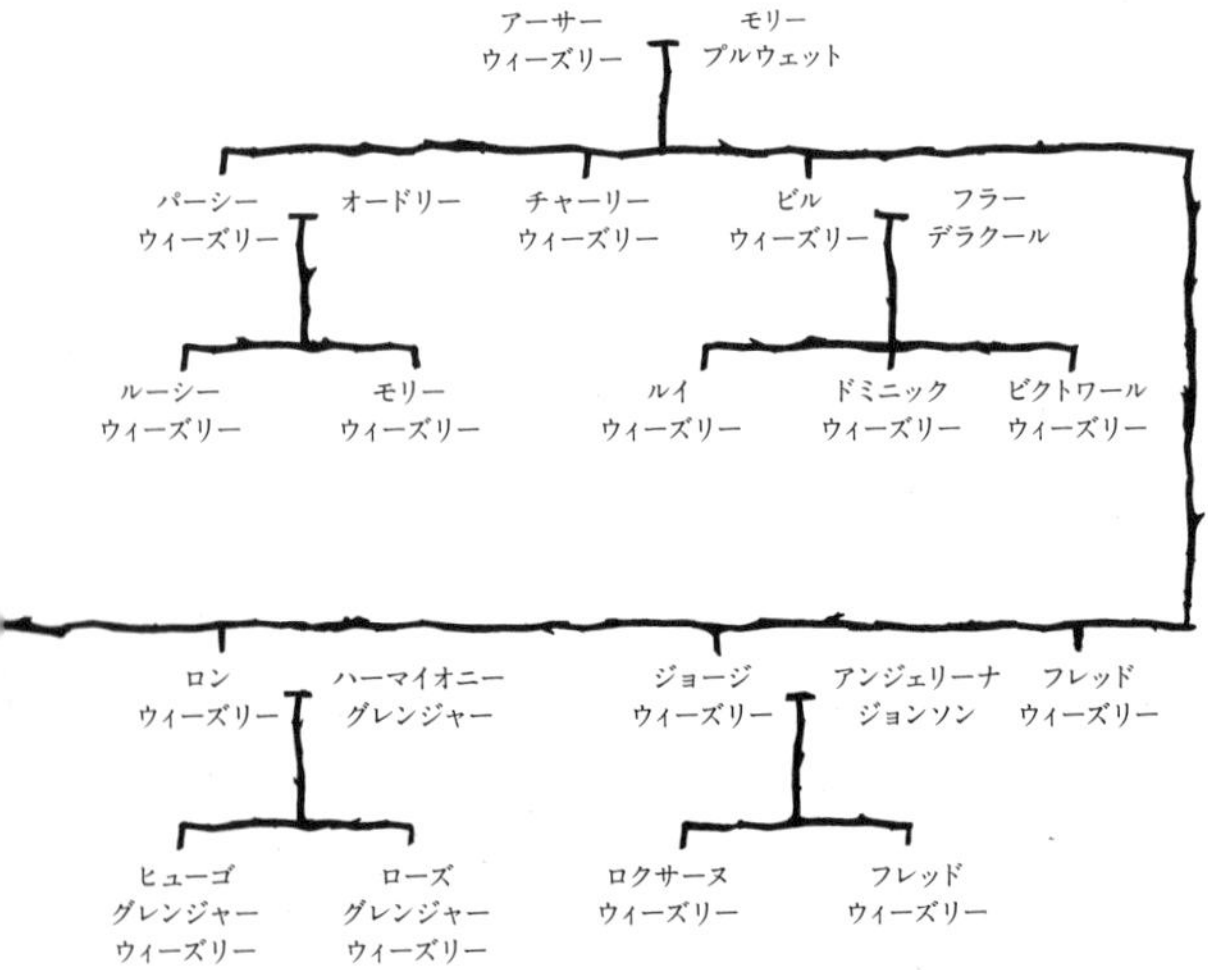

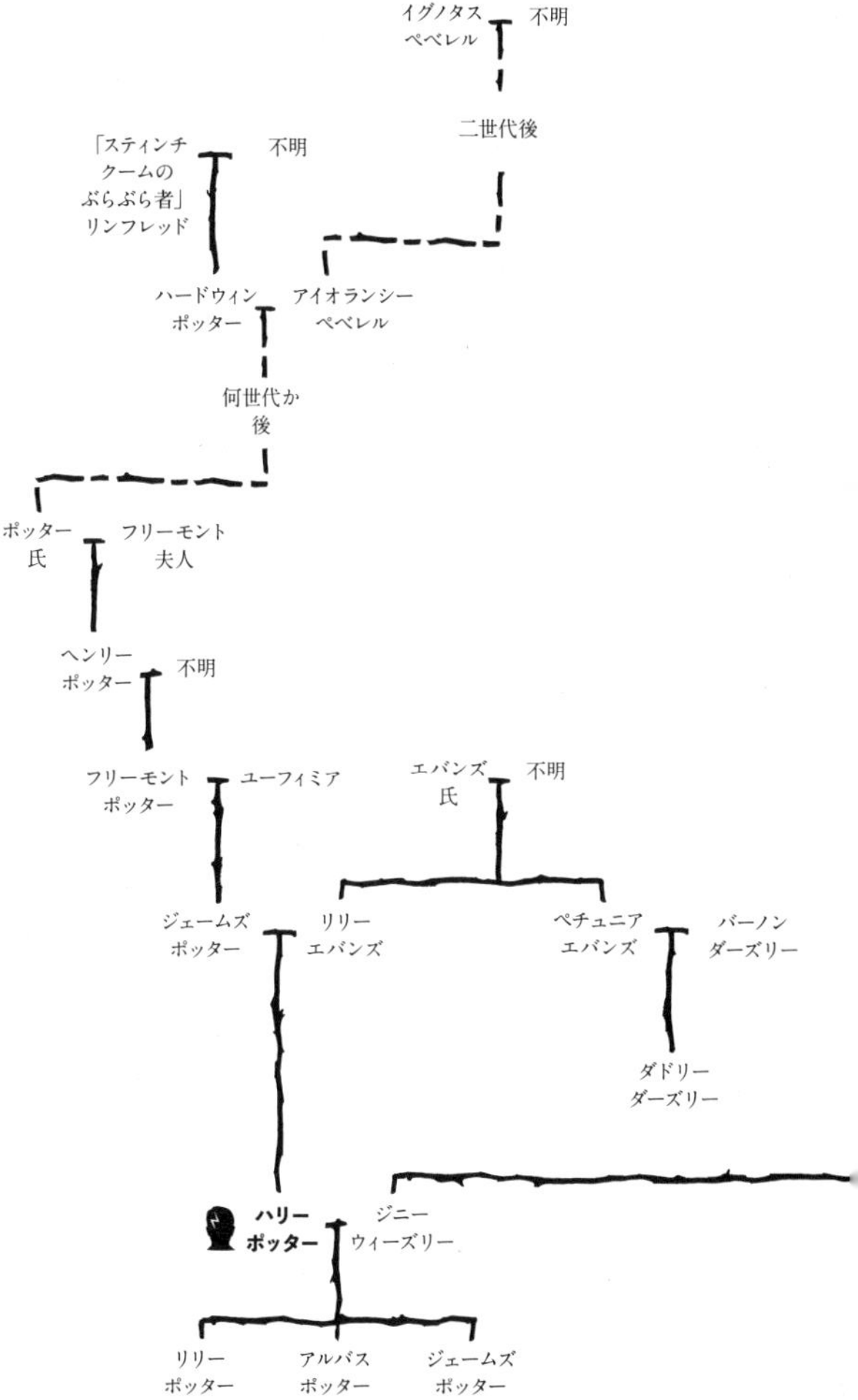

イグノタス ペベレル
不明
二世代後
「スティンチクームのぶらぶら者」リンフレッド
不明
ハードウィン ポッター
アイオランシー ペベレル
何世代か後
ポッター氏
フリーモント夫人
ヘンリー ポッター
不明
フリーモント ポッター
ユーフィミア
エバンズ氏
不明
ジェームズ ポッター
リリー エバンズ
ペチュニア エバンズ
バーノン ダーズリー
ダドリー ダーズリー
ハリー ポッター
ジニー ウィーズリー
リリー ポッター
アルバス ポッター
ジェームズ ポッター

ハリー・ポッター：年表

1980年7月31日
ハリー・ポッター、イギリスの
〈ゴドリックの谷〉で誕生。

1981年10月31日
ハリーの両親のリリーとジェームズが
ヴォルデモート卿に殺害される。
両親を亡くしたハリーは、ヴォルデモートの死の
呪いを跳ね返して生きのびる。
このとき、額に稲妻の形の傷が付く。

1981年11月1日
ハリーはハグリッドによって、
マグルの親戚のダーズリー家に連れてこられる。
ダーズリー一家は、ハリーの生い立ちを
かたくなに隠しつづける。

10年後……

『ハリー・ポッターと賢者の石』

1991年7月31日
ハグリッドがハリーに
ホグワーツ魔法魔術学校からの
入学許可証を届け、こう告げる——
「ハリー、おまえは魔法使いだ」

1991年9月1日
ホグワーツ特急に乗って
ホグワーツ魔法魔術学校へむかう途中、
ハリーはロン・ウィーズリーと
ハーマイオニー・グレンジャーに出会う。

1992年6月
ハリーは、〈賢者の石〉を盗もうとした
クィレル教授を阻止する。
この時もヴォルデモートの攻撃を跳ね返す。

『ハリー・ポッターと秘密の部屋』

1992年10月31日
ホグワーツの〈秘密の部屋〉が
開かれ、生徒たちが次つぎと
〈スリザリンの怪物〉に襲われる。

1992年12月25日
ハリー、ロン、ハーマイオニーは、
はじめてポリジュース薬を使う。

1993年5月
ハリーとロンは、嘆きのマートルが棲む
女子トイレから〈秘密の部屋〉に入る。
部屋に入ったハリーは、怪物バジリスクを倒し、
ジニー・ウィーズリーを操っていた
トム・リドルの日記を破壊する。
ハリーはジニーの命の恩人になる。

『ハリー・ポッターとアズカバンの囚人』

1993年8月
ハリーは、〈日刊予言者新聞〉で、
シリウス・ブラックの脱獄を知る。
シリウスは「アズカバン史上最悪の犯罪者」
だとされていた。

1993年9月1日
ホグワーツ特急が吸魂鬼たちに
襲われる。

1994年6月6日
ハリーは、シリウスの無実を知る。
シリウスは無実の罪をかぶせられており、
本当の罪人はピーター・ペティグリュー
だと判明する。

ハリーとハーマイオニーは
逆転時計を使ってシリウスを救うが、
ペティグリューはまたしても逃亡する。

『ハリー・ポッターと炎のゴブレット』

1994年8月
クィディッチのワールドカップの最中に
〈闇の印〉が打ち上がり、
ヴォルデモートが力を取りもどしつつ
あることが分かる。

1994年9月—10月
ダンブルドア校長が、約一世紀ぶりに
〈三大魔法学校対抗試合〉の開催を宣言。
〈炎のゴブレット〉は、規定の年齢に達していない
ハリーを選手のひとりに選ぶ。
これによりホグワーツ校からは、
ハリー・ポッターとセドリック・ディゴリーの
ふたりが出場することになる。

1994年11月24日
対抗試合第一の課題で、
ハリーは箒をたくみに操り、
火を吹くハンガリー・ホーンテイル種の
ドラゴンから金の卵を奪う。

1994年12月
ダームストラング校の選手
ヴィクトール・クラムが、
クリスマスのダンスパーティーに
ハーマイオニーを誘う。
ハリーはパーバティ・パチルを、
ロンはその妹のパドマを誘う。

1995年2月24日
対抗試合第二の課題で、
ハリーは鰓昆布を使って、
湖に囚われていたロンと
ガブリエル・デラクールを救う。
勇敢な行為だったが、審査員のあいだには
ルール違反の是非を問う議論が起こる。

1995年6月24日
対抗試合最後の課題は、
敵と罠でいっぱいの迷路でおこなわれる。
ハリーとセドリックは協力して優勝するが、
優勝トロフィーは移動キーになっており、
ふたりは連れさられる。
墓地では、ヴォルデモートと手下の
死喰い人たちが待ちかまえていた。
セドリックは殺害され、
ハリーはショックで呆然としたまま
ホグワーツへもどる——セドリックの遺体と、
ヴォルデモートが復活したという知らせと共に。

『ハリー・ポッターと不死鳥の騎士団』

1995 年 9 月
魔法大臣コーネリウス・ファッジは、
ヴォルデモートの復活を認めようとしない。
コーネリウスは、ダンブルドアと敵対する
ドローレス・アンブリッジを
〈闇の魔術に対する防衛術〉の教授に任命する。

1995 年 10 月
ハリーは〈ダンブルドア軍団〉を作り、
アンブリッジに反発する生徒たちを秘密裏に集める。
団員たちは、アンブリッジが教えない
魔法の実技を学ぶ。

1996 年 6 月
ハリーは長らく、ヴォルデモートの見た光景が
頭の中へ流れこんでくることに悩んでいた。
それにより、シリウス・ブラックが
危険にさらされていることを知る。
ハリーは親しい友人たちと共に魔法省に
忍びこみ、ふたたびヴォルデモートと対決する。

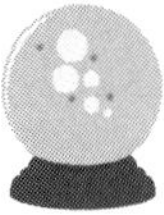

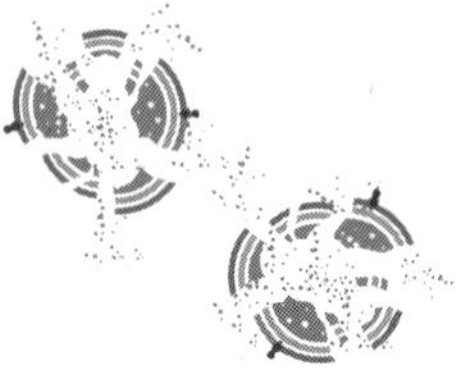

魔法省にて
ハリーは重要な〈予言〉を見つける。
その予言によって、ハリーとヴォルデモートの
運命が分かちがたく絡みあっていることが
明らかになる。

魔法省にて
シリウスは死喰い人のひとり
ベラトリックス・レストレンジに殺害される。
魔法省の逆転時計は、〈神秘部の戦い〉の際に
すべて破壊される。

『ハリー・ポッターと謎のプリンス』

1997 年 1 月
打倒ヴォルデモートのため、
ダンブルドア校長は、
闇の帝王の過去をハリーに教えはじめる。

1997 年 5 月
クィディッチ杯でグリフィンドールが優勝したあと、
ハリーはとうとうジニーとキスをする。

1997 年 6 月
ホグワーツに死喰い人たちが侵入する。
ドラコ・マルフォイは、
ヴォルデモートにダンブルドア殺害を
命じられるが失敗する。
代わりに、セブルス・スネイプが
ダンブルドアを殺す。

『ハリー・ポッターと死の秘宝』

1997 年 8 月
魔法省はヴォルデモートの手に落ちる。
ハリーとロンとハーマイオニーは、
闇の帝王を倒すべく、分霊箱を探す旅に出る。

1997 年 12 月
ハリーとロンとハーマイオニーは、
〈死の秘宝〉の存在を知る。
〈死の秘宝〉は三つあり、
そのすべてを手に入れると、
死を征服することができる。

1998 年 5 月
ハリーとロンとハーマイオニーは、
残りの分霊箱を探しにホグワーツへもどる。
〈ホグワーツの戦い〉がはじまる。

〈ホグワーツの戦い〉
ヴォルデモートは、〈死の秘宝〉を完成させるために、スネイプを殺害してニワトコの杖を手に入れる。
ハリーは、スネイプが自分の母親のリリーを愛していたことを知る。
スネイプが忠誠を誓っていたのはダンブルドアとリリーであり、闇の帝王ではなかった。

〈ホグワーツの戦い〉
自分自身が分霊箱であることを知ったハリーは、
命をかけてヴォルデモートに立ちむかい、
魔法世界を救おうとする。

〈ホグワーツの戦い〉
ネビル・ロングボトムは、
ハリーに代わって
最後の分霊箱を破壊するため、
ナギニを殺す。

〈ホグワーツの戦い〉
ハリーはヴォルデモートの最後の
攻撃を耐えぬき、
とうとう闇の帝王を倒す。

19 年後……

2017 年 9 月 1 日
37 歳になったハリーはジニーと結婚しており、ふたりのあいだには三人の子どもがいる。ポッター一家は、結婚したロンとハーマイオニーと、キングス・クロス駅の 9 と 3/4 番線のプラットホームで会う。アルバス・ポッターとローズ・グレンジャー＝ウィーズリーは、今日からホグワーツに通うのだ。アルバスはスリザリン寮に入れられるかもしれないと不安に思っているが、ハリーは息子にいいきかせる。アルバス・セブルス、おまえはホグワーツの二人の校長先生の名前をもらった。一人はスリザリン出身だが、父さんが知っている中で、おそらく一番勇敢な人だった。やがて汽笛が鳴り、アルバスとローズの旅がはじまった。

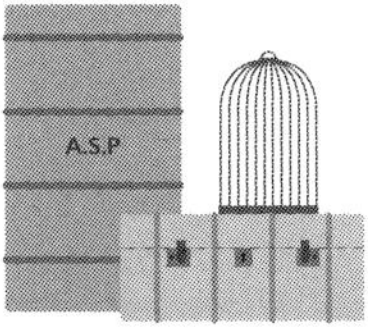

本書は
単行本二〇一七年十二月　静山社刊
を二分冊にしたIIです。

松岡佑子 訳

翻訳家。国際基督教大学卒、モントレー国際大学院大学国際政治学修士。日本ペンクラブ会員。スイス在住。訳書に「ハリー・ポッター」シリーズ全7巻のほか、「少年冒険家トム」シリーズ全3巻、『ブーツをはいたキティのおはなし』、『ファンタスティック・ビーストと魔法使いの旅』、『とても良い人生のために』『イッカボッグ』(以上静山社)がある。

ハリー・ポッター文庫
ハリー・ポッターと呪いの子　第二部
舞台脚本 愛蔵版

2021年7月6日　初版発行
2024年7月2日　第2刷発行

著者	J.K.ローリング ジョン・ティファニー ジャック・ソーン
舞台脚本	ジャック・ソーン
訳者	松岡佑子
発行者	松岡佑子
発行所	株式会社静山社 〒102-0073 東京都千代田区九段北1-15-15 電話・営業 03-5210-7221 https://www.sayzansha.com
翻訳協力	井上里 ルーシー・ノース
日本語版デザイン	鳴田小夜子(坂川事務所)
組版	アジュール
印刷・製本	中央精版印刷株式会社

Japanese Text © Yuko Matsuoka 2021, ISBN 978-4-86389-620-8　Printed in Japan
Published by Say-zan-sha Publications,Ltd.